Le dernier homme

布　朗　肖　作　品　集

MAURICE BLANCHOT

（法）莫里斯·布朗肖　著

林长杰　译

最后之人

Le dernier homme

南京大学出版社

自从这个词得以受我运用，我即表达出一直以来我心中对于他的想法：他是那最后之人。事实上，他与其他人几无任何差异。他是比较隐淡，但并不谦逊，不说话便显得专横。或许应该默默地将某些想法套用到他身上，再由他自己将之轻轻甩弃。这在他那带着诧异，惨然质问着我们的眼睛里可以看得很清楚：为什么你们就只想到这个？为什么你们就不能帮助我？他的眼睛很明亮，有种银质的光彩，并让人想起孩童的眼睛。其实，他脸上就有着某种孩子气的东西，他的表情邀请着我们予以关爱，乃至某种模糊的保护感。

　　他确实很少说话，然而他的沉默倒也经常不被察觉。

我原以为那是某种行事上的谨慎,可能出于些许的轻蔑,也可能由于太过内缩于他自身或外于我们所致。如今我认为,也许是他并非总是存在,或者是他当时根本尚未存在。不过我还想到这样更不寻常的事:他具有一种并不会让我们诧异的单纯性。

他依旧造成困扰,尤其是对我,胜过其他人。或许他改变了所有人的处境,或许只改变了我的。也许他是所有人中那最无用、最多余者。

而如果不是有一天他曾对我说过:"我无法想到我,就是有一个可怕的什么横在那里,一个困难点,一个障碍,它逃逸,它不被触及?"以及随即:"他说他不能够思想到他自身,对其他的、特定的某一个还可以,但那就像是一支箭,从太远的地方被射出而无法抵达目标。然而,就在它停止并坠落的时候,远处的这目标却开始颤震低鸣,然后向它迎来。"在这些时刻,他说话极快并且像是压低了声音。巨大的词句仿佛没有穷尽,翻腾卷绕中带出一波波潮响,一种遍及全世界的呢喃,一阕传唱整个星球却无法听闻的颂歌。如此持续下去,如此以轻柔与远离之势强行介入。如何回应？而聆听此声，又有谁不会感觉自己正是那个目标？

他不跟任何人说话。我并不是说他没和我说过话，只是听他说话的其实不是我，而是另外一个也许更为丰富、更为广阔但也更为独特，几乎太过全面的一个人，仿佛面对着他，原本的我即怪异地觉醒为"我们"，这共同精神的聚力及在场。我变得比我自身稍微多一些，稍微少一些：总之，多过所有的人。在这"我们"之中，有土地，种种元素的高能，一个非这天空的天空，有一股拔高与平静的感觉，也有某种幽暗限制的苦涩。这一切就是在他面前的我，而他几乎全无显形。

我有种种理由怕他，以及不断地思及他的毁坏。我想说服他消失，我也希望能使他承认他并不怀疑他，如此坦承无疑也将消灭我自己。我以关注，以计算，以希望，以怀疑，以遗忘而最终以怜悯包围他，但我总是保护他免于其他人的窥探。我没有招引别人对他的注意。他在这一点上出奇的柔弱且容易受伤。朝他身上浅淡地一瞥，似乎就将他暴露于一种无可理解的威胁之中。而足以搜寻他所在之处的深深凝视并不惊扰他，或不怎么惊扰他。于此境地，他太轻盈，太无忧无虑，太分散。于此境地，我不知道有什么能够触及他，以及旁人又会在他身上触及到谁。

若干时刻我又看见他一如他所应是者：某个我所阅读、所书写的话语，为了让位于他的话语而闪避。我猜想他在哪一个时刻噤声了，哪一个时刻又投予我关注。我经过他的房间，我听见他咳嗽——像一匹狼，他说——那的确是种冷冷的呻吟，某种独特、严峻、略带野性的声音。他的脚步声我从不会误认：稍微缓慢、沉静而均匀，较诸他巨大的轻盈所能引发的联想还更着力，却也并不滞重，而是让人想象他正持续攀爬着楼梯，他来自极低极远之处，而此刻他依旧极为遥远，尽管他只是走在长长的走廊里。的确，我不只听见他停步在我门前，连他不停步我也听得见。这确实颇难评判：他正走来吗？还是他已经走了？耳朵无法知晓，唯有心跳能够透露。

他的几乎结巴的声音。倏然间，一个话语即已冷不防躲进另一话语之后。他无可察觉地犹豫着，他几乎时时犹豫着，唯有他的犹豫能让我对自己稍微确定，并且聆听他，响应他。然而尚有另一桩事：一道水闸门打开了，我们与我们自己变换水位。

温驯，几乎是服从，几乎是屈服，而且极少否定，不争辩，几乎从不指责我们有错，而且，对所有应行之事无不天真地准备点头同意。我相信有些时候连最单纯的人都会觉得他太过单纯，闲扯一些最无关紧要的琐事就足以将他完全占据，为他带来那别人无法理解的快乐；然而并不是和每个人，或者，只可能和每个人？无止境的肯定，说"是"的幸福。

我说服自己相信我首先认识的是已死的他，然后才是垂死的他。经过他门前时，别人给了我这样一个关于他的形象："这是您的房间。"接下来的某些时候，由于我被迫谈论过去的他，我又见到这扇门。房间里的人据说刚刚死去，而我似乎重新回到他只是一名死者而让位给生者的那个时刻。为什么是过去？这会让我更接近他吗？会给予我正面直视他的力量，让他变得较可掌握，而且在场，不过是在镜子里？又或者属于过去的其实是我？"现在我看见他"，随即又"过去我看见他，因此他现在看不见我"，如此的感觉以一种未被言明的苦厄折磨着我们的关系。我从不愿留下他孤单一人，孤独和夜晚让我为他感到害怕，他睡吗？他没睡吗？我相信他不曾做过梦，这也是很恐怖的，一种从未完全关闭、开放于他其中一张面容之上的睡眠：提及这睡眠，我想到的是眼皮底下的那种黑，逐渐褪色的黑，人死时还稍微变得淡白，致使死亡将会是那视见清明之时刻。

若我自问，他想的是否多过你所想？我只看到他那轻盈的灵性使得他无罪于那至恶之境地。一个如此不负责任、如此可怕到几乎无罪者，像个疯子，却无丝毫癫狂，亦不匿藏此癫狂于内部，从不出错失误：这是眼睛里的灼烧。必须引他进入一个错误，必须单独为他重新创造那已失落的情感。他曾说到一些想法，多轻盈啊，这些想法立刻多么高扬啊，任什么也无法搅扰，无力压服。"但不也因此变得苦涩吗？""苦涩？轻微的苦涩。"

他给了我那种永恒的感觉，那种无需辩解者的感觉。由此我再度设想一个上帝，好更清楚地看见他们隐形于对方。他以我的无知丰富我，我的意思是说他为我添加了某种我所不知道的什么。从我们相遇的那一刻，我就已经迷失了自己，但我所失去的远不只如此，然而惊人的是我在搏斗，我还能为重新抓住他而搏斗。这一切从何而来？为何在我受他牵引而现在身处的空间里，我一再从那个一切或许可以像是以另一种起头重新再来一遍的基点近旁掠过？他足堪如此……他说这就只需我停止搏斗即可。

若他确实是如此强大，那也并非他果真坚不可侵，相反的，他的弱质远非我们所能想象。是的，这超出我们所能承受的——真的是太可怕了，他诱发一种恐怖，且程度更甚于那绝对的强人，然而这恐怖却又相当甜蜜，并且，对一个女人，温柔又暴烈。攻击他或许非我能力所及，但光是攻击他这样的一个想法就已经让我焦虑：这是丢一颗永远不会朝我回掷的石头，一种无法触及我的投掷。我不知道我伤到谁，也不知道伤得如何，这伤是无法与任何人分摊，亦无法在另一人身上结痂的，它直到最后都是伤口。更有甚者，他的弱质没有限度，因此我没有勇气靠近，就算此刻自己正撞向他。

他对于他的故事的叙述经常是取自书本，而别人也随即警觉到某种折磨的预示,纷纷尽可能不去聆听他。他那说话的欲望也就在此最诡异地搁浅受困了。对于我们所谓的事件的严肃性,他并没有一个确切的概念,该说的话所需具备的正确性以及事实都让他惊奇。如此的惊讶每一次都表现并隐藏于眼皮的快速眨动之中。"他们所谓的事件,究竟所指为何?"我从他退避的动作中看出了他的疑问。我相信他的虚弱承受不了我们的生命在被叙述时所具有的那种酷硬,他甚至也无从想象,又或者那是由于从未有过任何实际之事发生在他身上,空白得让他必须借由随机取得的故事加以遮掩,同时又明示?然而,说不出是哪里又不时透出音准无误的一声两声,如呼叫般揭露出面具后有人恒久地请求救援,却始终无法标定自身所在方位。

对一些人而言,他极容易接近,而且是奇特地容易;而对于其他人,他就像被天真包围,其外部极为光滑,内里却是由坚硬水晶构成的突刺,以至于只要一接近,就有可能使他被自身无辜且又长又细的针所刺。他微微地缩退在那里,绝少开口,说出的话语极度贫乏且平凡。他几乎就陷进那扶手椅里，一丝不动得让人难受，垂着手臂延伸下来那双疲乏的大手。几乎没有人看他，每个人都把看望他留待之后。现在我在内心如此这般呈现他：这是个破碎的人吗？一直以来持续颓倾？他等待什么？他希望解救什么？我们能为他做些什么？为何如此贪婪吸取着我们的字字句句？现在你已完全被放弃了吗？你就不能为你自己说话？我们是否应该想着你的缺无，代替你死？

他需要某种坚固的东西来支撑他。但是所有可能会将他禁锢住的一切都使我痛苦，让我变得焦虑、激动。这样的躁动将我自己从我身上泯除，而替代性地植入另一个更具普遍性的个体，有时是"我们"，有时是那更为模糊且更为游移者。我们因此痛苦于他如此孤单地面对我们这一大群人，我们之间的联系虽平庸，但坚固且必要，而他却单独置身其外。之后，我又怀念起这段最初的时光。看见他，光是这个人或是他身上我所想要辨认出来的属于我的那一部分，就持续令我窘困不已。

他并没有让我的生活变得容易，他拥有如此的重要性，又是如此微不足道。谁都可以说服自己相信他隐藏着某个东西,或是他隐藏着自己。面对折磨,假设有个秘密藏身于这折磨背后总是较为令人感觉宽慰,只不过这个秘密物事正是藏匿于我们之中。我们无疑令他惊奇,但是他又欠缺对我们感到好奇所必需的对他自身的顾虑,且好奇即是我们不能对他犯下的错误。他如此轻柔地呼求低调无声,闭上眼睛的矜谨保留;他要求如此,让别人看不见他,看不见我们消失在他眼里已到何种程度,而他又是何等艰难地不将我们当对岸居民看待。到后来,我发现他只是为了更轻柔地传递此一思想才朝我转过身来。这思想变得太强大了,不得不加以阻逆、考验。我想,结束的需要总是以愈发专横的姿态朝他发话。

和一个热情聆听一切的人,能一起生活吗?这样的损耗,这样的灼烧。些许的不在乎成为可欲之物,忘却亦受到召唤。忘却,是的,确实未曾片刻离开:面对忘却所蕴含的激越深度,就该不断地、不停地说,再说。

对于我们,他并非局外人;相反的,彼此接近的程度更近似某种歧误。他肯定奋战着,以一种我想象不到的方式,为维持与我们之间那种日常关系的自在。然而,我又是多么难以思想到他，就我一个人根本办不到，我必须在我内心呼求其他人。他似乎尤其害怕对我们关切不足，因此全凭预感摸索着如何和我们说话或是不说话。他应该知道对于我们他代表了一种考验，而他竭尽所能就是想为我们减轻此一考验。他在这里，这就够了，他就像我们中的一员身在此地，这确实已达所能触知的极限了，除非这样的留心预警根本就是我们已感觉到自己正暴露于其中者。最奇怪的是，我们感觉到我们全部的人恰可满足他的在场，而单独一人是无法留住他的；这并非因为他如此具有权威，而是相反，因为他需要被忽略。他必须成为那多余之数：多出的一个，单单是那多出的一个。

然而，我们却也抗拒他，我们几乎恒常地在抗拒他。多次思考后，我终于相信，在我们的周围环绕着一个圈子，是他所无法跨越的。我们之中有若干他碰触不到我们的点，若干他无从近身的确信，若干我们不让他思想的思想。不应该让他看到我们本真的模样，而我们也不该企图知晓他没从我们身上看出的什么。但要避开这样的注视——一旦抓住目标随即变得涣散而放手——并不容易。又或许是人人各自存留了其最中心之所有,而只求向他指出此所有:出于不知是哪种需要,欲将此所有如寄物般托他照管。我究竟想剥除他什么,而又有什么确定之事是我必须以全然的不确定回报他?我随即答复我自己:他,惟有他。但与此同时,我像是也对自己做了一个全然不同的回答。

也许他就在我们之中:首先就在我们全体之中。他并不将我们分离,他养护着某种空洞,不会有人想去填补,那是某种值得尊敬,也许也值得去爱的东西。当一个人中断了话语,要不去寻找那空缺的思想是很难的。但尽管他的思想一再呼唤着我们,我们仍然不能以暴力强逼他就范,他还是以一种如此巨大的无辜,如此鲜烈的无责任性而沉默着,既不叫嚷呼救,也不制造尴尬,而只是轻缓地磨杀时间。他在我们之中,可是他又有一些不为人知的偏好,一些旁人所无法预料的波动一下子就将他掷得老远,让他不仅对那边的人不在乎,也把我们变得不在乎自己,还将我们从那最亲近的人身边抽离。这是一场暴雨,一场无声的暴雨,将我们全变成了沙漠。然而接下来我们又是谁,如何重回自己身边,如何去爱那在如此可怕的时刻,却并不如此者?

我相信从他身上对我们漫散出一种幻想,激荡着我们,欺骗了我们,并且开启了我们对于一个不让人思想的思想的揣想。我经常自问,他是否在不自知且不被我们承认的状况下向我们传递着有关这一思想的什么。我听着这些如此简单的字句,我聆听他的沉默,我从他的柔弱中学习,我温柔地跟随他到任何他所想到之地,但他已灭杀、抹除了好奇,我不知道质问他的我是谁了,他使得我更加无知,并且危险地被无知塞爆。也许我们对他并没有那种精准的感知,可以让他靠近为我们带来的发现。什么样的感知?什么又能从我这儿为他诞生?说不出的可怕啊,想象我必须去感觉我所不知者,想象我被一个个我完全不明就里的波动所缠绑。至少,这是真的:我从未试图从我身上捕捉这些全新的感觉。而且,只要有他在,他的单纯就不可能容许任何奇怪,任何我也不能套用在别人身上的东西。这有如一条我有义务遵守的秘密规定。

时时刻刻,我被赦免于这样的想法:他,最后之人,并不会是那最后之人。

就让他将我转离我自身，而我只能无感地察觉这一点。他不要求我的任何注意，任何不及一个思想的东西。这个不及才是那最强的。我所欠他的是一种无边无际的散漫分心，不，还要更少更不及，是期待的反面，一如信念的反面并非怀疑，而是不知与忽略。但这还不够：这个"不知"必须对我亦无所知，而且还要轻轻地以不确定的动作不加排斥且没有嫌憎地将我留在一旁。那么，是谁遇见他呢？又是谁和他说话？谁没有想到他？这我都不知道，我只是预感到那绝对不是我。

一个神同样需要见证人。神圣的隐姓埋名必须遭此凡界识破。我曾久久地怀想其见证者究竟为何。我变得像是病了，一想到我必须就是这名见证者：不仅为顾及目标而必须排除自我，同时也要不受特殊照顾地自我排除于目标之外并且持续闭固，不动如路旁界碑。我经历大量时间，艰酷且痛苦的时间，将我自己变得几乎就是一块界碑。但慢慢地——突然间——萌现出一个想法：这个故事并无见证者，我在这里——这个"我"不过只是一个谁？无穷无尽的谁？——就为了让他和他的命运之间再无任何人介

16

入,让他的面容持续裸露、眼神不受瓜分。我在这里,并非为了看他,而是让他看不见自己,让他在镜子里看到的不是他,而是我,一名他者——一名外人、近交、逝者、对岸的阴影、无人——而因此使他作为人持续到最后。他不该制造分身。这是对那些结束者莫大的诱惑:他们凝视自己,他们自言自语;他们从自己身上为自己做出簇挤着他们自身的那种最空洞、最谬假的孤独。然而,我在场,他就成了所有人之中那最孤独的,甚至没有了自我,没有了那他曾是的最后——如此确是那最后的了,是那确实可让我大为惊恐的,如此重大的责任,如此赤裸的感觉,如此过度的担忧。我仅能借由无所挂虑,借由日子的起伏推移以及拒绝发现他——对我以及对于他自己——来加以响应。

如果说现在他在我的记忆中是个让我仿佛除了他之外什么也看不见的人,这样的一种重要性也无法量度他。它仅仅说出了我为抓住他所施使的限制,以及我们关系的造假,和我只能将他设想并忆想为重要者这一大弱点而已。我深知如此我即背叛了一切。他如何能从我的生命中挪除分毫?也许他就在那里,在那间我看见窗户亮着的

17

房里。这是个孤独的人，外地人，重病的人。他已经很久下不了床了，他不动，他不说话。关于这点我谁也不问，我不确定人们所说的和我所想的他是否有关联。我感觉，他似乎完全被遗忘了。这遗忘正是我穿越走廊时所呼吸的元素。我猜想为什么当他回来与我们用餐时，我们如此诧异于他那消隐的柔和面容——毫不暗淡，反倒是光彩焕发，漫散出一种几乎是耀眼辐射的隐形。我们曾看过那遗忘的面容。这大可被遗忘，事实上也只求被遗忘，然而这又关系到我们每个人。

我谈了他一些隐匿的偏爱。这是奥秘的一个元素。从他这些偏爱，我相信每个人都感觉是另一个人遭到锁定，但这另一个亦非任意是谁，而总是最接近的那个，仿佛他根本无法观看，除非他稍微望向别处，选定那个摸得到、触得到而事实上至此亦被认定为存在之人。也许他总在您身上选定了另一人。也许，借此选择，他进而做出另一个人，人人最冀望的无非是受到这眼神的看顾。但他却可能从不看顾您，只顾看顾着您身旁的些许空无。此一空无，一日，曾是一位与我结交的年轻女子。我不怀疑这眼神以那来自远方的力量在她身上停驻，并且锁定、选定她。但对她来说，一切都在说服我相信那最受偏爱的，其实是我。我经常感觉，那么亲近的我们，也是因为误会才彼此接近的。

她早我数年来到这里。因此在她眼里我曾是个新人，一名越过门槛、跨进离弃惑域的无知者。这让人莞尔，却也颇吸引人。当他到来，我便也成为旧人。她称他为教授。或许是他比属于最年轻一群的我们年纪要大上许多。有次他告诉她，他三十八岁。不久后，我在一处高山地方待了一段时间。我回来时，人们说他几乎就要死了，已经很久没看见他了。我发现她没什么变化，甚至我觉得她比我印象中更显得年轻，也更亲近，虽说更为分离。她就像是被封锁在这个地方，她和他有着智识的关系，使得她得以从中撷取出一种变动的、秘密的真理，反观其他人，只是持续地转向另一个人生中的遗憾、希望以及绝望。我并非真的出身此地，也不是来自那里，但回来时我也震撼于那与她重新且如同偶然般的相遇之美妙，这幸福似乎在我不在场且不知的状况下持续了下来，同时还保有那某种任性所特有的轻盈。某种任性？但又是自由的，一种完全只属于偶然的相遇。关于没有什么缘由结合的两者，人们总爱说：他们之间没有什么。是的，我们之间也什么都没有，没有任何人，也还没有我们自己。

然后就是冬季了。冰雪造成某些人再次罹病，却为另外一些在病中的人带来某种平静以及排遣。我并不是说他康复了。他让我感觉到他比初到之时要虚弱得多。他行走跨步略略有些犹豫；他特别怪异的步伐常使人觉得他只有偶尔踱到我们近旁时才会停下脚步，可他却又来自极低处，并且总凭借着一股温和的顽固前来。然而这也不是一种即将倒下之人的步态：是另一种不确定，而这不确定让人也变得对自己不确定了；这种不确定有时让人痛苦难当，但有时又轻盈而带着醉意。我也注意到了他的声音竟有如此的变化。我相信这声音只是变得较微弱罢了，但它所诉说的种种却以一种我无法做主的困局搅扰着我。他当然是极为有礼，对每一个人每一件事无不殷切关注。他一走近，大家就仿佛进入了另一个空间里：您所念兹在兹的一切都将默默地获得接待、保护并裁决，其方法为并不判您有理,而是使您期望着某种正义公平。但他又不随和,不宽容,不仁慈,他甚至,依我所见,就是一个人所能达到的冷酷极致。这是否是由于他那种遥远气质,那种不知是怎样的必须与他做认同的不幸?人们不由自主地便在他身上看到一个敌人。这是最为苦涩的了。如何以这般虚弱为对手?与如此光裸的无能战斗?这带来了无穷的焦虑。

他抱歉且伤感地对人说:"是的,我知道我运作着一股强大的吸引力。"他有时似乎极为近偎,又并非近偎——高墙已经倒下;有时,总是极度亲近,但是并无关系,高墙已经倒下,那用以隔离的高墙,那也用来传递信号和监狱语言的高墙。于是必须重新立起一面墙,向她要求些许的漠视,这种平静的距离让彼此的生命得以平衡。我相信她总是有力量将他留在抽离自我的境地。她拥有一种保护着他们俩的单纯,就算事情变糟,她也是很自然地接应,并不感到惊讶;而如果她必须对此有所暗指,那也只是为了让他熟习言说语句。当他在场而且只要他一在场,我每每惊奇于她开口谈到她自己的方式:极轻淡,并不提什么重要的事,也没带出什么进展。然而"我"这个字是如何在她齿间震动,像一股平静而又暴烈的气息穿行过那紧闭的嘴。仿佛有种本能事先警告过她:在他面前,她应该说"我",只能说"我",因为他就是着迷于这个轻盈的字,对于这个字连她自己都几乎没有辖权,而她的发音又差不多像是指称着另外一个人。或许每个"我"都在向他挥手示意;或许,单凭这个字,人人皆有权对他说些重要的什么;但是她把它变得对他更加亲近、更加亲密了。对他而言,她就是我,而且是如同一个被弃置的我,一个开放而不回忆任何人的我。

这个"我"——而我却不能这么说——实在可怕:可怕地温顺且虚弱,可怕地赤裸又缺乏体面,是一种区别于一切伪装的冷颤,完全地纯然于我,而这样的纯然又无所不用其极,凡事挑剔,还挖掘并且交出那全然黑暗、也许是最后的"我";这"我"将惊动死亡,而死亡却将它拉近身边,一如那对其禁止的秘密,一个无主物,一道永远鲜活的足迹,一张在沙中打开的嘴。

我不会说他分离了我们,事实恰恰相反;然而他正是以一种危险地超出我们之外的方式与我们分离,与我们联结。他在一张小桌子上用餐,有点避离一旁,因为他几乎只能吸收流质食物,以极度的耐心,极缓慢地进食。他忍受着一切,他化一切需费力以达成者为无形,而也许他已不再需要费力,也许他的自我容忍是如此完全,且以那如此忠诚的磨耗加上如此公正的平等,致使他已不再需要忍受任何东西,除了一个我不愿加诸任何揣想的空无。他无疑是因此想让我们以为他的人生未曾经历什么事件,除了唯一的一件,某个将他推至如今所处境地的指标大事、卑琐小事,或者既不宏伟亦不至于过分,也许就是在我们看来根本微不足道的什么,却对他产生了足以让其他一切事件从中挥发于无形的那种压力。当他吃得又更慢些了——几乎像是他就在那座位上留待空气与时间将事物终结——她就来到他身边。她稍微坐开了些,不完全和他同桌。她说,她一靠近,就感觉到一股暗涩的躁动,不是在他身内,因他所有的力气根本不足以至此,故他也总显得平静且自制,而是在那包围着他的空间之中:一种静默的转化、校正。他迅速变更看视以及看视她的方式,他秘密地加以调整,为了迎合她?但不只为她,也为了迎合一切或者也许为迎合偶然。"也许因她的到来,他被掷入一个太过不同的世界?"可是他并不真正拥有任何世界,这就是为何她前来试图将她的世界给他,而且她还必须准备好承担其后果。她肯定妨碍了他,是的,而且就因为他需要完全的专注才能好好进食不致噎着,但她并不就此罢手,她还稍微跨越了这层拘束。她甚至不想帮他了,但她毕竟还是帮了他。她轻轻将他送入一个相对稳固之处,将他绑在一个固定点,而她感觉到他是如何紧紧拉住缆绳,但她稳稳地撑住了。她飞快地对他说话,平稳地,几无间歇,眼睛像是盯住她自己,而也就是这时他自我调整了他话语中的什么,于是这个"我"——盅眩地引他逐渐转过身来待命的"我"——的呼吸一次次反复浮窜至表面。

他是什么?何种强力将他推到这里?他站在哪一边?别人能为他做些什么?特别的是,人们总忍不住想归予他种种最强烈的思想、最丰盈的直觉,以及我们所想象不到的认知、全然超凡的经验,而我们却只触及他的柔弱所呈现出的怪相。的确,他能够思想一切、知晓一切,但是,除此之外，他什么也不是。他具有一个绝对不幸之人的那种柔弱，而这个无可测度的柔弱正对抗着这个无可测度的思想所拥有的力量。这柔弱似乎总认为这个大思想并不足够，于是要求，举凡以如此强力之方式被思想者，均须重新被思想并且以柔弱之极限再次被思想。这是什么意思？她向我询问他，仿佛我就是他，而同时她又说我将她推向他；她也说他吸引她，说她对他比对任何人更感亲近；她还说她畏惧他，但几乎马上又说她对他丝毫不感到畏惧，说她对他有着某种信任，某种友谊，而且是对我所没有的。

确实，如果没有她，我或许根本不会有气力想到他。此外可以肯定的是，她不只促成我思想，还让我自己不会想到他。我应其要求的所言、所思，其实比较像是她内中的一场睡眠，憩息在她生命之中，在我对她的倾慕里，就只是她的脸，那道她投予我的目光。说她充当了我们的中介是不公平的，她根本不在任何方面为我所利用，而我也不会同意去利用她，即使是为了这样一个目的。但是，在我与他的关系上，她应该还是以她的自然和她鲜活的私己帮助我从我自身得到释放，而且将我那其实是指向他的思想局限于她，令我体验到某种幸福的感受。事涉某种不知为何物的恐怖，却也还是幸福的，这是为了这身体以及为了这张嘴——它们以一种敏感的方式对我说话——而说的。也许，在我这方面，这是个危险地未经考虑的举动。也许我的重大罪责在于未更进一步关心我的思想在她内中究竟有何命运，以及这些思想迫使她背负了多少重量，而在其中又积累了多大的空洞，并借由吞食着她的力量以及她的无畏而扩张。确实如此。但她同样给了我那未经酌量、没有计算、没考虑她也没考虑我的她的思想，她说这些思想她只在我内中以及我的近旁才加以思想，有时又什么都不说，凝重的沉默直压得我窒息，但我并不打破。

确然，她有一种像是朝他靠近的权能——我所没有的。她是最先找到一个名字来称呼那降临于她、于他、于我们每个人身上的东西的，但她认为她首先是在我身上体认到它的。她说："真是奇怪，我对于您再也不是那么确定了。""过去您对我很确定？""是的，之前您是如此静止不动，您注视着唯一一个点，我总看见您就在这个点前方。"说话的同时，她不是看向我这边，而是朝桌子的方向；桌面上摊着已书写的纸页,过去一点是墙壁,再过去是其他房间,每一间都相似,都算大间,包括她的。所以现在我已不再静止不动了?"噢,还是的,对其他那些走动的人来说,也许还太过静止了呢。真是可怕,一想到您无法离开这个点,而且您还为它奉献出您全部的精力,但这个点却可能不是固定的。"我试着追想这个点。其实我可以据实告诉她说这个点,也是她。和她在一起的欲望就经过这个点,构成我的地平线。而当她又说,流露出某种骄傲点燃的那烁亮的,几乎显得贪婪的目光——在她偶尔会有的——"我对我自己也不确定了。"我强力抗议道:"可是我,我对您十分确定,我唯一确定的就是您。"她感兴趣般地听着,边看着我,像在寻思我说的是否果真是她。我肯定地补充道:"您并不愿为自己制造假象,事物在您所见皆如其实。"她随即又问我:"那您呢?""我,我只看见您所看见的。我信赖您。"她激烈地跳到另一极端:"您什么都看不见?您的想法其实不同于我,您有您对事物的看法,我一直就感受到这个不同的想法。"是错了吗?她是在怪我吗?"不,不,"她说,"我也是,我信赖您。"我于是对她说了这看似粗野的话:"我知道您从不说谎。"但是这样一个救生圈也不能够长久维护我们于波浪之中。

我并不期望什么。现在她几乎就一直住在我房里:在我近旁,在我内中的思想近旁? 有时,我感觉她似乎在监视我,并非出于某个鄙厄的意图,或是想要探知我可能对她隐瞒了什么,这些曲折拐弯她是做不来的。她比较关注的是我的思想及其完整性,并且给予它所需要的静默,对外界的一切隐藏它的踪迹,等待着那发烧般的亲密从这思想中逸出,让她想要倒向其中。那正是冬季里最严酷的时节。由于我的房间就位于她的和教授的房间之间,夜里,我们听见他的咳嗽夹杂在其他人的咳嗽声中。那野性的响声时而像是呻吟,时而有如一声胜利的呼喊、嘶吼,不似发自这么虚弱的一个人,而是源属于一大群守在这人身边且借其发声的什么。"像匹狼,"他说。是的,这样一种骇人的声响我得为她防止,但她已经在等着了,她说听见它从我身上发出,然后经过我而触及她,那种强力摇撼了她,让她无法抵抗。然后寂静降临,有那么一刻钟的祥和宁静,一切都被忘记。

差不多就在这时期他不再有说话的能力。他持续地，尽管并不规律，来到楼下的厅室，至少会客厅里，因为他已经没有办法和大家一起用餐了。他看起来并不像病重许多，而比较像是受到了威胁，但他本身又与这威胁无关似的。我不能说他变得怪异，但是她曾用来形容我的那种字眼，说我不是那么确定，倒很适用于他。然而还有别样东西，一种升高的愁困之感，结合了更大的威力，远远地就拒斥着我们的接近，不只阻止我们看视他，同时也阻止我们对于看视他表现出不舒服。说他整个人即是个面具，这也不是什么新鲜的说法了，我早已想过。说这面具开始略略地移位而露出了他的面目，我同样也不在这幻梦上多做琢磨。但是，在这身体与这生命背后，我感觉到那令我觉得是构成他最极限之虚弱者竟以何种强力之逼压企图崩裂那护卫着我们的栏坝。有时我注意到，在他的言谈中，水位的快速变换。他说的话变了意思。不再指向我们，而是向着他，向着不是他的另一人、另一空间，向着他那虚弱的亲密，向着墙壁，就像我对那年轻女子所说的，"他碰到了墙壁"。而最撼人的，便是他那如此寻常的话语竟也犹如化身为对他的一大威胁，仿佛这话有可能在墙壁前将他全身剥光似的，而如此景象即显现在那随着他做好准备开口言说而逐一漂白他所说出口的话语的某种抹除上。虽说并非总是如此，但也许就是这样的景况让我们得以相信，当他说话的时候，他是聆听着的，他还是那般精妙地聆听着我们，我们以及一切事物，还有那大过我们的，围绕着我们而他持续地予以平反的那空无所呈现出的无尽躁动。

对她，他不会噤口不语，而她一看见他，也肯定会来到他身边，和他说话。他们两人稍微站到一旁，离钢琴不远的一个小角落。没人特别注意他们。她那么年轻，正盛的青春如此娇灿，而他，不是说有多衰老，但异常憔悴，这样的不协调也没有人说什么。人们想象着她充当的是一个扶助的角色。因其资历，她乐于承担这样一个职务，陪在那最无依靠的人身边以供应生命之气息。每个人也都知道我们有所关联。这一联结使得她其他的友好关系几乎隐没不见。实际上，甚至在我眼中，他们两人也都消失了。我并不愿对他们的关系表示好奇。我没有感觉被排除在外，反而我觉得她十分残酷地认为这些关系十分普通。她必须一再地前进，以她所能行使的全部自由，走向那一个她以为看见过我在看的点，但是，对她而言，这个点就宛如迷失在人群中，和其他人并无不同的一个人，其中将这人与众人分开的只是那太过坚实的确信，那些他不得不抛掷进一段无尽过往之中的一具具界限确然的躯体。她告诉我："在他身边，我感觉自己是如此强大。多可怕，我拥有的这股力量，如此妖异。他肯定受尽了折磨。我感觉自己是如此健康，这简直可耻，不是吗？"的确，也许正是对比于他微弱的生气，我们才感觉到自己像被赋予了跃升的存在，被我们自己，被我们所能成为者所增强，是的，成为那更强壮、更危险、更凶恶且与一极限强力之梦境相邻接者。这我感受到了。我同样感到此一力量增升的危险，它不在我们内中，除非借由与这巨大虚弱的逼近，又或许它确实不在我们内中，而持续外在于我们如一场倒错的幻梦、一种支配的意志、一种在梦境中临即于我们周身的优越，并且将我们提升至生命的顶峰，就在一切似乎完全向着未来最糟糕处演变而去的时刻。然而，我一一丢下他们。我玩牌，而她则沉陷进她那幽僻的角落。我藏身牌戏后，刻

最后之人

意忘记这场孤独中的面对面将暴露她于何等的考验。我并不确定她内心是否曾埋怨过我,而她那句没来由突然就对我说出的话,"我感觉我会死在一场针对您的疯狂暴怒中",也许目的就是对我表明她受到了什么样的伤害。她还对我说:"我梦见自己置身于一片几乎看不见树木的草原,而且被绑在一根木桩上。在我下方,薄薄的一层草皮底下,我俯身便仿佛透过一道裂缝隐约看见其下的一个坑洞。我告诉自己,那是个陷阱,是为捕捉野兽的陷坑。我更加仔细地看着这坑洞,突然感觉到有人已经在里面了,而且不动;那样的一种静止和沉默于是让我想到您。所以您曾经掉进这陷阱里?您在里面做什么?我是既高兴又担心。我呼唤您,轻声地,因为发出声音可能会有危险,然后,由于您没听见,我就稍微大声地叫了,又叫了几次。尽管是以一种在我听来仍十分安静的方式叫出,却可能还是太大声了,才会引来那带有威胁性的什么,并已开始让我感受到它就动作于那坑洞附近,但又在我身后。而遭到捆绑的我,根本不可能转身查看发生什么事,这让我焦虑,也同样程度地让我气愤;那样的焦虑直逼疯狂。"愤怒与恐

32

惧。但是她在对我描述梦境时，却是喜悦地沉浸在一种做了这个梦的享受里；在这之前她几乎是不做梦的，顶多只有一些没有图案、没有故事的影像，消逝于她那空荡的苏醒。"或许现在我学会了做梦。"由此她跨进了危险这一领域的成年期。

我不能否认她对于他所展现出的兴趣触动了我，搅扰了我，刺激了我，然后伤害了我。她说是我把她推向他的，这或许是事实，却也并非事实；他自己就是透过我来吸引她、招呼她，不是不让我知道，但确实没和我商量。在我与她共处的最初几日，我即骇异于她竟可冷酷无情至此。有人痛苦地拖着最后一口气，都被她嫌恶地推开了。疾病之中甚至有这么一个极限让她连友谊都可断绝；她说，只要事情在她看来开始转坏，她就会关上门谁也不见。"连我也不见？""不见，第一个不见您。"把她和他联结在一处的因此并非怜悯，也不是想要帮助他或者在这般孤立中希望为他做点什么的欲望，虽然于此境况中他的确可能让人以为他在求援，就因为他根本什么都不求也什么都不给。我对她说："他走到尽路了，精神是那么可憎地低下。这不会让您感到不舒服吗？""会啊。"这一声"会啊"里的坦诚本该让我就此打住，不再继续追问。她厌恶他了吧，那为什么她还是继续见他？为什么她还是那么照顾他？"我很少和他见面。"但是她很清楚她和他的关系是其他人所没有的，他只为她下楼，他还是只对她说话，这些她难道都没注意到？"我不知道。当您这样问我，我无法回答。""请见谅，"我对她说，"您一向都是极为清楚的，您总能明白地看清您自己。您不会愿意开始试图欺骗自己的。"她就在我面前，站着，而我也是站着。某种冷淡在她内中升起，恰似那静默的怒气，其发作我曾于无意中见识过，即当我对她稍有冷落之时。她马上有所察觉：我那见她的渴望稍有丝毫耗损，就会将她转化成一种简直无从介入的封闭性在场。但是，这次，我感觉到的是思想的冷淡攀升至一连串她伴随亲密感的微颤，飞快说出的话语："我和他没有任何一种的关系。这状况才应该将我完全占据。""那么，"我对她说，"现在我们将如何脱身？"

但她依旧坚信我才是他想缔结友谊的人。她并不是用友谊这个词，或者，这个词是她回我的，当我轻率地对她说:"他是您的朋友。""他想做您的朋友。他想着的是您。"
之前的某个短暂时期里,我或许还能心有同感。毫无疑
问,当他再度能出得了房门(这出乎众人意料,大家都以为
他已病重不起)并与归来的我重逢时,他所展现出想要认
出我的那股殷切我只能将之归因于他的客气有礼。如同
正逐渐康复的病患——尽管他的状况显然并非如此——
看什么都觉得模模糊糊,周围只见憧憧人影,话语也化作
一团钻进耳朵里的嗡鸣。这样我们能谈些什么呢?且对
我而言,他又是什么?"教授。"关于他,我保留了这个她送
给他的称号,而他似乎与这别称颇有隔阂,因为他和任何
学术语言的距离是如此遥远。可是另一方面,这称谓却也
显得相当准确:他被磨损了——被岁月?被那已不可知的
某种幸福、某种折磨所试炼?一如智识者能被知识所磨损
般。我怀疑他没有关于他自身的记忆,也几乎没有思想,
仿佛他成功地悄悄隐退了,为避免任何思考都将为他带来
的痛苦,而就只承接我们偶然间递送给他的寥寥数个影
像,并以谨慎却又坚定的动作在我们内中将这影像轻轻地
提升至一个关于我们自身的硬酷真实。但这并未在他和

我们之间建立起任何联系,更不用提他和我之间。他似乎并没有特定在看谁,而且他如此清亮、如此浅淡的银灰色眼睛似乎在我们身上也只看见了我们,并且还是最遥远的我们,这样的感觉直到后来才以一种像是令人安心的形象贴近我,而其实却也可能恰好相反。我有理由相信他在我们之中只看见一人,并不是说他将我们全部看成某种单一,而是看到了一名独一者。的确,他可能期待着这人些许的友谊,也可能是更立即的救援,又或者只是坦白,那没有保留、将会终结一切的坦白。

一位朋友:我并非为了这个角色而出生,我揣想有另一个角色已为我保留,只是我还无法辨识。为他命名的角色?维持他并且维持我承受此名号的进逼?我不会相信的,这只不过是一时之间大窗玻璃被嬉戏其上的反光染映出色彩。名字本身就将我们分离。这是一颗永恒地朝他掷去的石子,企图触及他于他所在之处,而且或许他也感觉到了这石头穿越过重重时光向他接近。这就是身为朋友的表示吗?友谊,便是如此吗?而是否这就是对我的要求:为他成为一颗石头,用某个名字要他认同,像诱他进入圈套？也许是为了活捉他？但我又是谁？谁又在我身边和我共同守候，如同在另一片天空下？而若他真如我所认识的他，那我岂非完全见弃于我自身？

而究竟是什么让他迷途？在我这里他又寻找着什么？什么吸引了他？是她对于我的意义？是那将我们聚合而在其中我们只是两者皆非的"我们"？是那对人们来说太过强大的某个东西，一种太过巨大而我们对其一无所知的幸福？也许他正是被指派来到每一个极幸福之人的身旁呼吸，也许他是那混合了欲望的气息，也许他所行经的时刻砸毁了关系并混淆了时间？也许他就在我们各自的背后，让我们在终结来到时便可看见他，而他借以摄生的那全然休憩式的和平时刻正是他从已遭此时刻触及的我们身上所偷走的：不，是我们自愿给他的，因为他太孤单，是最不幸且最可怜之人？但也许他不过是我自己，一直以来即是无我之我——如此一种我不愿开启的关系，我拒斥着它，它也拒斥着我。

应该有过这样一个短暂的时期，就在我回来后不久，而他也刚回来，我看见他本真的面貌，在我未多加注意的掩护下，一如现时，和其他人也没什么不同，只是显得有些隔阂，是由于宁可被遗忘，由于诧异自己置身此地，而且竟也自知，对此，我同样试图说服自己相信确实有过这样一个时期。他对我说话也较为直接。他像是在我身上设下了数个参考标记：一些我未多加留意的句子，依旧都是分离的、孤立的、怪异的贫瘠，且正因如此而显得冰冷而静止，仿佛他试图在我身上布撒他自身记忆的芽苗，在他需要圆满自身的时刻帮助他复忆起他自己。

静止的话语此刻被我所感受，由于这静止警告了我，并且让这些话语变得沉重，轻盈？太过轻盈了，对那没任其来到它们自身而只能将它们固锁于无生气空间的人来说，这些话语是太轻盈了。他无求于我，他不知道我是否在此，或是否我能听见他，他知道每一件事，除了我所是的这个我；这个我是他所看不见也认不出的，除非透过其恒常临现的惊奇：一个眼盲的神，也许。他不知我，我不知他，这就是为什么他会和我说话。他的用字用词融混于其他众多字词之中，只说那我们所说的，披覆着这样一种将我们保全的双重无知，加以一种极轻微的探触致使他的在场如此确定,如此可疑:也许他只是在对我重复我自己;也许是我预先表示了确认;也许这对话就是那些彼此无止境地寻觅、呼唤而只相遇过一回的词语周期性的回归;也许我们两个也不在这里面,而对于此一缺席,她独自一人担负着这秘密,不让我们知悉。

光裸的字词,我因无知而遭放逐其中。若是认为它们将会使我成为他的主人,这样的想法未免太过天真。他在某一时刻将这些字词置放在我身上,肯定也置放在其他许多人身上,而我们就必须共同地背负起这巨怪般的回忆,直到那不会被我与容易的死互相混淆的终结才有可能将我们从中释放出来的转化发生为止。这就如同他匿藏了他的生命——那神奇地持续伴随着他生命的希望——于这其中一个字里:唯有一个字算数,唯有一个字是活的,它必然是一个做梦也想不到的字。

当我想到他时,我知道我还不是想到他。等待,等待的近与远,将我们缩小的增长,孕育于我们内中且于其中孕育幻境的实然。

并非不在:被不在所包围,以其不在之感觉将我们包围。

很难知道我们是否在他身上省却了某种属于我们的东西。而如果他是我们的希望？我们的残余？何等奇异的感觉啊，他竟然还需要我们。何等神秘的义务啊，竟得在我们所不知的情况下借由我们所不知的行动去帮助他，也许就是帮他攥住他的位置——借由紧紧攥住我们自己的位置并且持续地成为没有他的我们自己。不要太多的自我叩问，避开他向我们提出的那个关于他的问题，避开这个既危险又焦虑、矫造的，由他所带给我们同时也出于我们自身的好奇。排除他或是排除我们都只是太过简便的做法。对抗他所带给我的这种必须要改变我自己的感觉。他改变不了我！他还改变不了我！

然而面对他时我极不自在。如果说他迫压着我到这种程度——尽管他已经很低抑了——那或许是因为他的在场欠缺了一切未来，而这一切未来正是我以为该由他作为表征而向我们呈现的。他在场的方式如此怪异：是那么完全又那么不完全。当他在的时候，我只能一再地撞击到他的隐没，而这隐没让他的接近变得愈加沉重、残酷地比例失衡——或许微不足道,或许掌控全局,仿佛在他身上只剩他的在场,而这在场并不让他在场:巨大的在场,而他自己似乎无法将之填满,仿佛他在其中消失了,且被这在场缓缓地、恒久地吸噬——一种无人的在场,也许? 但他就在这里啊,一切都在促成我有义务不对此怀疑:他是实在的,而且比我所能设想的还更孤寂独在,拗挠屈折叠压着那条无论是我的视线或我的思想终不能超越且无以立足的隐形线。

他的在场,而非他的在场这一想法。我感觉此一在场摧毁了有关它自身的一切想法,使得我甚至想从它那里得出一个错误的想法亦不可能。这就是为什么它是那般确定,其滑顺的确定性,恰如表面上欠缺粗粝糙硬等我宁可与之撞击之物。

也许我看见他却没有想到看见他。由此得出了确定性,只是确定性的幻影以及感觉几乎都已遭剥除。

他内中某个朝向四面八方开展之物的成长,这我感受到了:一种无声的成长,立即且过度的苗发,朝向内部,朝向外部。而我也同样程度地感受到,当他在那儿,他就只在那儿,全然地在并且绝不在别处,仿佛这个所在借由这个独他性的认定已经与他合为一体了。我相信我绝对无法将他设想为不在场,而如果我因为想象她可能会去他的房里见他而体验到某种拒绝之感,那也许是由于这房间即是那唯一让我得以赋予他些许不在场的所在。或许他在那里受苦,甚至垂死,总之我无法去碰触这个想法,更无法去设想万一她跨过了那斥力的极限并且实际做出种种我无法想象可能被做出之事。这其中毫无诡怪的成分,恰恰相反,只有一种无以名之的硬酷质朴,杜绝了一切花俏奇想之空乏,对凡是能满足想象甚至焦虑的一切的拒绝;一种没有焦虑的焦虑,一种太过单纯又太过贫乏以致无从下手的决定,无手法者之手法。如此不具任何想象性质,不可想象的存在,我尤其害怕看见它突然就涌现在我身旁,在我的极限。

最引人焦虑的念头:他不能死,因为欠缺未来。

这念头立刻就让我领会到它直接与我有关,而且我必须对它负责并在某一个时刻将它了结,但是我也感觉它未臻成熟。然而我并没有忘记它。它就待在那里,一无所用,总是将尖端朝向我。

他的孤独,那种再无空间容许自己将自己错弄之人的孤独。现在他只能够忍受自己了,但这对他却是无法忍受的痛苦。或许正是为了这缘故他才试着在我们之中、在由我们自身所构成的想法中将之承受,并且竭力朝向它转身归返,而所借助的行动充满了惊恐、不确定。惊恐啊,因为我感觉到这行动并未实际完成。他就在那里,全然完整,却是任谁也不及他这般不及于自身,任谁也无法比他给出更少的关于自身存在之确定,绝对不足的一个人,没有自我以及其他一切可倚恃,甚至没有那种苦痛撑出的满盈——其可得见于某些面容上,当某个时刻,于存在中那无以名之的恩典里,即使最巨大的痛也被包含并且承受了。为何他非得这般程度地强求自己?他又是如何在场——以这单纯的、明显地在我身周边,但又像是没有我们,没有我们的世界,或许没有任何世界的一种在场?还有这股确信——某种骇人之物正在他内中四处蔓长,尤其在他身后,而这增长并不减损其衰弱,却是一种发端自无限衰弱的增长。为何如此一场遭遇我竟未得豁免?

怪异的痛楚,一旦我试图想象他在那房间——我知道
如果我的思想使我避开这间房,那是因为他在里面只是死
去。痛楚,它也许只在我的思想里,这苦楚的思想令我思
想,以那我不知是何种苦受的迫压,永远相同的重量,永远
未被跨越的相同极限。是否他在等待?是否他知道他在
死去,以及死去中的人联系着一个无尽的未来?绵密且轻
柔的熨压、忍耐,而他就在其中以自己碾印自己、穿越自
己,这无声的静定我亦参与其中——突然有这样的一种感
觉:他回过身,他内中的静止回过身。这景象如此紧迫急
切,不容我怀疑它必然响应着一个真切的动作,仿佛此刻
他正受诱惑于那圆之幻象,朝向我们一如朝向他那切实的
未来归返以便能重新冀望死于自身之前。那为什么我必
须使出全力抗拒这个动作?又为什么将它感受为一种对
我们的威胁?是因为我自身生命的重力,或者是出于对那
更全面危险的忧惧?整个静止遭到撼动,我一切的关联瞬
间改变,某个唐突的、激烈的、无感的什么即使未完成,也
完成了,使得我并非被禁闭、被保护于一个球体的内部,而
是形成了这球体的表面,完结又或许无限的表面。如此景

象攫住我以惊奇：恐怖的以及喜乐的。我外在于他是否更甚于他外在于我？我可否借由我所必须在他周围形成的界限环抱他，让这界限将他封裹、紧箍，且若我撑得住，最后将他禁闭其中？结局唯有迷眩。太过迷眩了。这个反转一旦完成，平衡便自动建立，就只是将我留在这样一层险峻的印象上：我不仅没被带往中心，反而一切关于感觉和看视的可能性都被分散成环圈，形成一个异常单薄的光之平面，围绕着空间旋转——除非这空间自行完成了某种绕转。

身为他的极限这样一种感觉因此持续了下来，但却是一种非常片面的极限，以极微的比例晦暗地从各方面全力将他局限。

绝对需要不让他与我们分离。不能让他以为我们似乎并不真的在那里。如此时刻，我满腔一股火烧似的责任感非得让他感受到我们的逼近，我们内中的生命，那永不枯竭的生之力量。同样的，我们自己也不得怀疑他有权利于此地存在，亲和、不被注意、友善地。但是我们早已死于他内中这个想法经常还是最为强大：并非就是以他几乎可说是随和的这种形态出现,而是含藏在我从我们的脸上所读出的那映像里,带着不确定,带着怨怼之情。我们也是啊,那原该倚靠我们的,不只是我们自己,还有我们自身的未来,全部的人类以及那最后之人,而我们全任其在我们内中消亡,尚不容思想己身之思想。

诱惑:任我们于其注视下消失并重生为一无名且无脸之强力。我预感到这股强力,我依随这一诱惑力量,我看见种种迹象显现出这奇异:它竭力要占取那仍被我们赋予人之形貌的我们的位置。也许我们和他之间就是隔着这样的空间,而我感觉它就像是充满着一种没有命运也没有真理的存在,如此模糊的存在,却仍是个活生生之物,总是能够在我们内中存活下来,并且将我们转变为全然不同,只是与我们相似的存在。我害怕我终将只是像我自己而已,更害怕去拥有,为她也为我自己,他朝我们这边遥望过来的目光之中的那股力量以及怀疑。

块裂的、实整的距离:无有恐怖的某种恐怖之物,一种冰冷而枯燥的生动,一种错综而浮动的稀化生命可能到处都是,仿佛在这地方,分离取得了生命与力量,借由强制我们自视为遥远且已与我们自身分离。这里的这些叫喊,沉默与话语的这种枯干,这些不愿被听见而又不受防备地被听闻的怨诉。这一切,增长而无所增长。这一存在之生命因自我稀化而长成,因自我摧折而茁壮,并以维持关系之原貌将之断绝于无形,并且感觉我们的自欺即在于无用地误导了我们自己,以一种并非真正虚假的虚假,仿佛我们仅有的只是我们所外显的形貌。分离的,但又是吸引的作用,各个面容因此带有吸引力,彼此互相吸引,像是为了共同形成另一个完全不同的、必要的却又不可能成形的形象之未来。然而是其在场。我不会说我记得。人无法记得一个仅是在场的存在。但与我几次的印象相反,我也并不忘记他:遗忘无从左右在场。

也许我们彼此不断地互相观察着。站在那儿,窗边,看着——但他在看什么?如果他在看,他的目光指向何处?——他可以感觉到我的靠近,模糊的,强烈的,我的不耐,我秘密的撩拨;同样的,我也感受到他的冷淡,他已定的界限。从前,我害怕自己的表现达不到他的水平,或是拿他对比于一个他穿越其情智却无所察觉亦未留下痕迹之人。但是,现在,滑溜的,静止的,以我的力气朝我自己引来,于我的确信中逼使我自己,就为避免他转过身去。这时我见到的他,与我原本预期将认出的他有所差距:更为年轻,尤其是那洋溢着青春气息的询问表情,如同面具般掩盖他真正的脸。我所归于他的种种感觉就像已从他这脸容卸除,外离于其五官,只是与它们在玩,而可能也正因为如此,一次短暂的接触中使我惊悟的那种苦受会是第二张或是第三张脸,并给了他这种唯有在一段距离外——而我不愿跨越这段距离——才能真实存在的外貌。这一苦受敏锐地将我拦阻,而在对他说话时,我所能做的无非是尽量退离开他。至少,对于他的在场那极度的简便,我没弄错。显然,他邻近我胜过我邻近他。人们会说我仍然介入了他与我之间,并因缺乏专注而没能创造出那必要的透明。要是专注些,我感觉我将可更敏锐地响应他的期待。对他说话时,只要我所讲的话稍稍具备了这种专注性——这我自己是做不到的——我便知道将有事情会发生:痛苦,或是那被我称为痛苦的东西,将不再远离他或最多只待在他脸容的表面,而是会转回来渗入他内里,也许就要为他填满那巨大的空洞，如此场景令我感受到的恐惧，随即凝止了一切。

除了这些转瞬即逝的抽搐外，他是极度的安静。这是一个或许全然表面性的人。由此得出了他与他所是者之间的种种相似，以及我不时在他身上所感受到的那股单纯的气息。有一天她这么对我说：人们可以弄痛他，但无法伤害他——而这无辜的伤痛在我看来是更加轻盈，更加无害。但这样一种伤痛外之伤痛岂不更糟？不正是这伤痛给予了他这一股必须避开的单纯气息吗？不正是因为如此我才需要自我保护，借由我记得，我曾在场，但是是在一个记忆里这样一种印象？那是现在，却已过去，且并非随便一个现在，而是永恒的却又过去的。

我经常听见这样的警告："于你身所在之处，你必须以更多的真理行事，更纯粹地顾及一公正的行为，尤其因为你相信——也许是错误地相信——你已丧失了与一真实肯定的一切关联。也许你只是置身于一中间地带，而你在其中将一切你所不能看视者称为欺骗。也许你只是还在表面，而必须下降至更低更低之处，但这同时必须……这同时要求……""不,不要要求我……别对我索求……"

就让她试图平抑我内中某种她无法共享亦不排斥,但也不感到自己与之有任何实际关联之晓智。我自己都不觉得我与我对事物的看视之间有所关联,便更不愿迫使她接受。我也不盲目跟随她去做一切她似乎有意去做或要我去做的事情。经常我以为她迷失了,他们之间的关系将她暴露于一种欺人的动境中,我虽早有领悟,终不能指望她可全身而退。甚至在一开始,我即感受到这一点。当他像说书一样地说话,在夸谈生命事件时运用种种假借、细描,实在是太过精准的细描了,仿佛他急欲留下关于他自身的一个证据,他所想要暗示的正是他出生的城市,一个人们说是位于东方的大城,给人鲜烈印象的城区,其建筑在他不厌其烦的描述下,活像是就要被他以一股我预料将为我们揭露某一超凡奇景的热情在我们面前矗立。那些房屋也只不过是与我们的相似,但他兴味盎然的那种惊喜之情仿佛听者就在他的话语之中蓦地发现了那整片的屋宇。然而这城市的怪异性格确实打动了我:一条枯干的大河穿过街道中时时浮动的人潮。曾经,他说,那儿有繁忙的交通，连夜间也不停歇地来来去去，仿佛大家从不进屋里，只向往那任自身不断流淌下去的逸乐，乐得成为一股人流，接着重新散失于一股更大的人流。他兴奋于这回忆。"那一定很吵吧？""不是吵，而是一种深沉的嗡鸣、低语，像是藏于地底，几乎是安静的。对，绝妙的安静。"他使用那些已为我们所拥有的影像将这座城市在我们的周围搭建起来，试图吸引我们走进去。他诱引我们，但却是慢慢地诱引，为我们将这座城展现为几乎就要让我们认定它就是我们的城，而我们就是那些大城与大国的子民：是我们所能想象的最熟悉的城市。然而，至少对我而言，却是完全出于想象，可怕地不真实，残暴地可疑，仅是被他建来隐藏他自身的不真实，并且在我们之中给予他自己一个出生之地、一片美好的远景以及一片美丽的云雾天空。奇之更奇的是，熟悉且欺骗之城，将那与我们最接近的世界之形象变为谬伪——不尽是谬伪，而是没有根据，没有基底。起初，这不过是让我有点不舒服，有点不快，但又毕竟不只是一种难受，一次严重的错误，那就在我记忆极近围处的意识：有种虚弱且神出之邻接正在将我分身。是的，仿佛我拥有深沉的昏厥这位其实永远清醒的邻伴，他想起了我，而将我从我自身连根拔起。这痛苦愈发激烈地折磨我人身，更是因为有种强烈的情感——是否这就是友谊？——阻却我说出究竟是谁能够将他置于困境之中。相反的，一旦他可能被某个提问触及，我一定挺身相救。也许，这痛苦，这借由将他从我们自身的某个形象中驱逐以免他遭受流刑、为他掩护的需要，也让我感受到这一切，城市、居留等这一切其实都是我们在说，而他在听我们说，以如此激情的方式，同时让我们的辛劳都获得了承认。

这个也许我们披覆于自身语言的纱帐下而在他面前汇集的空间，我确信她比我们所有人都更认真地穿透了进去。她离开大城市比我们任何一个人都久，年纪也更轻。他只能极为邈远地忆想起那个嗡嗡鸣响着，而节庆神奇的威力曾热烈地泼洒于当初只是小女孩的她身上的世界，黑暗比影像更为生动的电影院，尤其是那往来人潮之美，气势严峻的石面那无比端直的挺然力道，还有从中流逸出的一种抓不住且非人性的生命，一如阴影的生命般吸引人。她因此必须将她自身回溯至更为早远，以重见她所需要的影像，而这些不那么固定，比我们的更加接近泉源的影像，似乎将她带往更远：那儿，就像在另一段过去里，我们行动较为快速，似乎彼此结伴，更为隐秘地滑行。往哪去？为何这般急迫？但是，若我询问她，我清楚地看见，对她来说，这个未被记忆淹没的空间所呈现出的样貌最接近她的实言，无杜撰、无变装，且甚至连她自己亦未曾意识：不，她不思考，不想象，而且还刻意背离了一切幻梦遐想，愤恨地憎恶人们借由可悲地编造种种奇迹用以自欺之困穷。

是出于相同的真诚本能吗？出于焦虑吗？当我试着询问她时，我无法不注意到她是如何一心想使我们生活的所在免于遭受波及。对她而言，这地方是个安全的基地，她信任这个所在。只有下去邻镇时她才会离开这里。偶尔，在散步道上，可以看见人们往山里走，而从山上便可望见远处的海，像一道细细的边际线浮升至天空，并与之融混。此一信赖并不意味着她就在我们的这种生活模式之中加入了几乎这里的每个人都保有的那份盲目信念。自由的她已摆脱了如此幻象，她不相信自己将会离开这地方，也许她自己不愿意，也许她希望将她所相信以及确定的一切全都收拢进这狭小的圈子里,而圈外就只有她的双亲以及她那居尘世如得其所的姊妹苍白的面孔。她即是如此借由一种几乎是骇人的默契与这地方合而为一。我们与这广阔世界有关的一切,以及无法由一个宇宙所容涵的这个生命,她全将之浓缩进这唯一的所在,对她而言更坚实、更强固于城市与故国,同时也更有变化,甚至还因诸多空地而更为广延——不时地总有这个或那个消失在颇深的地层里开挖辟空。她可被称作本地女王或是其他一些她天真地引以为豪的名号。只有我不喜欢她扮演这个人家要她扮演的角色,也只有我对她明说,还说我喜欢她正是因为她自由自在,年轻而又活泼,而且我将带她离开这个她的奉献并未如同在修道院般获得承认的地方。她难道不想走出去吗? 不愿去看看其他事物,真正的街道、人群?"想啊,"她说,"看许许多多的人。"但她又说,"您只在这里见过我。您怎知道换个地方我仍将受您喜爱?"她又补充道:"也许您错了,不应该对我说这些事情的。就是如此的幻梦让人们迷失在这里。""那我呢?""您呢,我不知道。我想我会阻止您离开,必须将您留多久,我就留您多久。"

或许时间一久，我才认出是何等坚固的现实性构成了她周遭的事事物物，以及事物的围圈：我们居住的中央大建筑物、附属建筑与其技术性配置、小公园、喷泉声、每个房间、永远明晃着白色亮光的走廊、屋外压磨着砾石的脚步、职工的声音、畜群模糊而卑微的声音，甚至我们所呼吸的空气。这特别、活跃、轻盈同时也是无情义的空气，就像一股热力试图将我们内中那未可知的生命碎片痛快地引燃烧焚。有她在的时候，我不会说这世界就较为安全：较为自然、封闭，像个圆圈持续朝向其中心那个暗点集中过去。她所在之处，一切都是明亮的，呈现出一种透明的光彩，而且，当然，这光彩远远地扩散至她身之外。走出房间，依然是如此安静的明亮。走廊不至于在脚步下碎裂，墙壁仍旧坚实且白，活着的人不死，死者不复活，稍远之处亦同，也还是一样明亮，可能没那么安静，或是相反地具有一种更为深沉、更为广延的宁静，其差异无法感知。同样无法感知的，即是举步前行时那影之帷幕，透穿着光线，却已有可疑的不规则处，某些地方在黑暗中现出皱褶，既无人之热度亦不可亲近,反观咫尺一旁且熠熠闪耀着欢悦的灿阳光面。如此,公园中矗立着这座没人想要进去的礼拜堂。信徒们宁可去那村里的教堂。一天,我和她走进了这间礼拜堂,她以极度的惊奇环视着,而这诧讶——显然并非身体上的不适——包围、侵袭了她,若非我及时将她扶至户外,她就会倒下。是因为冷,因为联想起在其他状况下根本不会让她在意的死亡物事?她找到这个理由:如同想象般,这地方只会让人觉得不舒服。因此,甚至对她而言,也是有那些个点:她置身其中却已不再安全,同时令她感觉自己正危险地远离自身。那更远之处呢?那绵亘着自由国度,不再有围圈,而街道、屋舍散布于一片迷蒙秋雾中,其间的黑暗像倦乏的天光之所在?比村子、山、海之平面更遥远之处?

　　我有时认为他在她身上所感受到的那股吸引力其实是来自于她肯定会为他带来的安全感。他遇见她之处,钢琴旁的小角落,不再只是有那影像的居留以及记忆的故土,还真正有一个小岛,一间专为他们量制的巢室,如此窄密地严封以避离空无的宇宙以及消失的时间那了不得的压力。他们那比其他都更隐秘的相遇因此使我倍感焦虑，仿佛他们被禁闭在一个只属于他们、不容侵犯的时刻里，某种立起的石棺中，而顶盖即是她的人生，她的躯体如我所见刻凿出生动浮雕并阻止我们的生命那惊危的茁长。她立定此地，像个沉静的守卫，警戒并且监视着空间，谨慎地关闭了出口。门，美丽的石门保全了我们免于他的虚弱，同时保全了他免于我们的力量。女卫兵，你在守卫着什么？警戒的你，又在监察什么？是谁将你立于此地？然而，我必须承认，当我看着他们，打动我的正是那可合理地被称为他们的亲切、孩子气的双重真理那样的东西。也许正是这样的轻巧将他们与我们隔离开来，但这轻巧并非来自于她本身，而是她从他那儿接收到的，一如我细细观察，虽没有苦涩，却也感觉到他即是借此吸引她并与她产生关联，但彼此的联结是如此轻微，使她只看到其中关联的缺席，而没察觉除了她以外，他已是谁也不瞧，也不和别人说话。她反而说他并不常看她，且从不正面看，而是稍微偏向侧边，"朝您看，我感觉得到"——的确，也许有那么一次两次，我似乎不期然瞥见有个在寻找着我的疲惫目光；而一旦找到后，就再也不放开了，也许是因为疲惫，或纯粹只因他并没有真正在看。若我问她："他看着您，您不觉得困扰？""不会，我喜欢他的眼神，那也许是他所拥有的之中最美的。"我惊呼："您觉得他美？"关于这个问题，她以习惯性的对于精确性的认知着意考虑着："我或许可以认为他美。""但他简直吓人，他有张老去的儿童的脸，甚至不是老，根本是没有年纪，恐怖地全无表情，还有他那副可笑的夹鼻眼镜！"她听我说，带着一种谴责性的严肃："他并没有一直戴着。就算戴上也几乎看不清楚了，您知道。当他动作极小心地擦眼镜时，可以看见他抖得多么厉害啊，他还要掩饰，不愿人家认定他已如此病重。""您可怜他。您打心底怜悯他。就是因为他那副可怜人的模样您才对他感兴趣。"她愤慨地回答："但他一点都不可怜啊，您怎能这么说？我不怜悯他，他不需要怜悯。""那他快乐，是吧？""不，他或许也不快乐，为什么您问这样的问题？"我继续问她："所以您觉得他美？""是的，我觉得他美，有时甚至美得非凡。"而且她还说，"他的微笑真是美妙。""他微笑？"是的，他微笑，但必须非常靠近他才看得见，"轻轻的一个微笑，当然不是对我笑：这或许是他观看的方式。"

当她如此对我说话——而且，刚开始很罕见，但后来就频繁得多，因为我的执拗，以及像是出于必要般我不得不将她的思想引带至他身上，并以一种几乎决绝而且令她难受的方式进行，她因此说："不要再问了，至少，现在不要，让我自己好好想。"我感受到我所说的那种惊扰，某种激越，神秘的确认，几乎是迷醉，但也是一种伤痛：并非由于必须与人分享她的关心——这很公平，她从未在任何方面亏待过我——而是要与她并且因他而进入一种几乎是太过丰广以致我害怕在其中将她失落也将我自己失落的关系之中。我意识到一段无止境的距离不仅将我与她隔绝，也将我和我自己隔绝，并且让我感觉到我们其实正在远离彼此，虽然我们同时也朝着对方接近。虽然就是这距离允许我们在一起，犹如穿越那更为多变、更为丰富，但也更不确定的时界，一座时间的迷宫；在那里，若我能够回去，我将看出已有另一个女人将她与我隔离，而另有一个男人隔离了我和我自己；如此的错位滑移或许只想将我们欢快地洒散于喜乐庞然之球体里，但我竭力以一种怀疑之感稳住这样的滑动。我因此加倍思想与监察。我的意思并非我在监视她，而是我跟随着她，试着厘清她的步骤方法，弄清我们要这样一起走到哪里，以及我们是否已经是彼此的影子：这在影之亲密中，连遗忘也无法拆散的结合。

事实上，折磨我们最甚的，是他受威胁的程度已经严重到只剩下等待这样一种印象。不只一次，他似乎跨越了预见之范围。他必须待在房间里，不再下床；在床上，他必须静躺不动。如果他还是逃离了这些限制，那并不是单纯的莽撞，也不是力量的证明——总之不是他的力量——人们大可想象他行使了那源自于疾病的力量，但这终不过是个文字游戏。他一直都在，却也愈来愈不在，不确定度攀升。好几次，一连几天不见他出门，而有一次，更是持续了好长一段时间。我感觉我们可能再也见不到他了。她并不显得特别担心，甚至当他的缺席达到最长的时间之际，她又变得几乎是全然平静了。扰动其实表现在我内心。我自语：她有无可能已经开始忘记他了？而她无疑忆想着他，她经过时会看着房门，她会回答我的问题，但那也仿佛他只不过是一段偶遇的关系。我问她："您不担心吗？""不会啊,为什么?"而我往往不敢对她讲得太明白,同时也想到她应该会从服务人员那里得知他的近况。我并不疑猜她会去他的房间,尽管登门拜访谁是常情,但他是那么孤绝也只能例外。他的房间对我有如一方异国的园地,而我们无权观看;我们和他的关系是否真已紧密到可以不请自来? 我揣想,我拒绝揣想当他一个人独在时会虚弱无助到什么地步。我总感觉我们不该弃他于此一孤独:不要说夜晚了,一刻都不应该。我相信他一定没睡,而睡得少的我却是从他的夜晚得出一股纷繁细密的意识,一种警醒的思虑,仿佛我必须超越那将我们隔离的空间,至少远远地与他守着夜晚,同时守护着他。就在有一天我隐约点到这夜晚的孤寂时,她对我做出了这个出乎意料的表示:"他一个人独处时,也许非常快乐。"她固执地紧抓着这个词,她说——有一刻我感觉这说法真是准确无比——他是她所见过最快乐的人了,那种快乐并不是她一直都有能力承受的。于是我明白为什么她偶尔几次也几乎是快乐的,然而那并不是真的快乐,她只是穿戴上快乐,那因他以璨亮的饰物、闪烁光影的针织细料妆点她而益发耀眼的反射;人们想要贴近,或许正是为了将这些披饰从她身上悉数剥尽。

　　日子一天天过去,而这次他或许再也起不来的感觉也变成了一刻强过一刻的猜想,终于逼使我有了这样一个可怕的想望:询问他。他不能就这样消失。不可能让这机会就此失去,造成无法弥补的憾事,也许在这时刻,就在这时刻。想到我可能会错过时机,我就丧失了所有的界限之感。对他我并不真的感到好奇。我想要的,其实无关探知,而是那转瞬即逝、缥缈许多的东西,或许我只是怀抱着一股人性想来接近他。可以丢下他一个人吗? 而他若是真的转身向我,我也只能沉郁于未能理解此一动作的简单真理。但主要是看见她如此平静,精神以及生活几乎全已抹除了他的踪影,才让我突然之间看出我曾是如何地全心依赖着她,而正是这种惰性的信任为我将等待变得容易。我逃开了。我欣赏她的从容自若,而这也只是为了有个理由可以站得远远的。的确,毫无疑问,她令人惊叹,她的行事无人能与之相比,而且,他确实高兴和她在一起,也只高兴和她在一起。但我并不因此就得以解除和他之间的关系。她为何如此平静？这样一种沉静，仿佛促使我磕磕撞撞前进于高烧与焦虑中的某个空间，到底从哪里来？为什么其中没有我的份？为什么她愈是不担心我反而愈要挂念？为什么她像是忘了他呢？为什么于她所谓的遗忘这会儿全都向我涌来，细针尖般迫使我回忆？

一天夜里，也许是因为我睡得又久又沉，我因此感觉他正处于最糟糕的情况。我带着这股确信醒来。我一定是在转醒的无意识当中对她说了。不见她回答，我开了灯。她几乎是坐着，在灯光下低着头，而且就像她平时喜欢的那样抱着膝盖。她紧靠边缘，于一股激愤的束绑下缩贴在这边限。最让我感到怪异的，是她那警醒的样子，显然已醒来一段时间了。有时她睡不着时，立刻会对我说，"我睡不着"，声音轻微且绝望，仿佛睡意的消失于她是种无法理解的不幸；此外她还简单地说这世上简直没有比一个人独睡更悲惨的事了，而她得有种种极为精确且必要的准备才能在走廊转角处的她房里度过一整夜。我只能对她说："您怎么了啊？"她还是低着头。看见她这般在夜半中醒着,比起若是我醒来发现她不在身边同样令我惊讶而且更觉恐怖。也许惊恐的她曾经叫唤我;我睡得太沉没有听见,于是她心中那股沉默的怒气就让她将自己关闭了起来;至于能否将她带离这情境也只能碰运气了:可能一个动作、一句话、对她的专注或者甚至分心就能触动她,但为什么会这样,谁也不知道,亦无法预料。在那当下,我是太躁乱了,因而抓不到要领将她带回我身边。我只找到这些话可说:"您怎么了?怎么了呢?"这引她嫌恶:"您一直问我这些无聊话,我还能说我怎么了?"但这次她并不回答,她明显地紧缩着,仿佛亟欲避开什么可怕的接触。我问她是否做了噩梦,是否听到什么不寻常的声音,而我再次想到我的预感,并且试着向她说明我的感觉,像是他可能情况很糟,我们应该去打听打听:"她不担心吗?她是不是知道一些什么了?"最后我说出了这些我不该说,却早已在我心中成形的字句:"我想和他说话,我想见他。"说话时我向她伸出了手,然后终于碰触到她。我感觉她的身体僵硬得难以置信,仿佛没有任何硬物能僵硬至此。我才轻拂到她,她立刻反弹似地绷直了身子,叫喊着含糊不清,但肯定表达出某种厌弃之拒绝与懵懂的字语。我没时间探究，只是试着再次将她抓紧，而她确实也就瘫倒在我的怀中，原本坚硬的一切融化了，变成了一种温柔，一种梦幻的流动，并且她不断地哭泣。我从不知道这一晚她究竟怎么了。这样的一幕场景，我不解其意，无法判读，而只能忆想：她遭遇了不知是怎样的大翻转，连时间都整个地翻覆了，而我仿佛目击了某个极为远古的或是尚未来到的什么。我大胆地对她说："您也许把我当成他了。"她断然否认。"您怎能这么说？"她几乎笑出来。"不然也是另一个人吧？""也许就另一个人吧。谁我也不认识。""真的那么恐怖？""不，不。""那您有睡着吗？""我想没有。"见我一再提起，她说："什么事都没有。您想了解什么？没有什么好了解的。"

但我无法克制自己不去逼近这样一个重大的时刻：我看见她离我如此遥远，无法认出我、爱我，如同身处我俩共同世界的边缘。而她究竟说了什么？我天真地说服自己相信，若是我能更清楚地听出她说了些什么，也许关于她、关于我、关于其他人的一切便都可以清楚地向我显明了。

我死缠着她问。她回答："我什么都没说啊，那只是一声没有任何含义的叫喊。可能我甚至根本没喊。"到最后我自问她是否借由这一幕透露出不知是哪种深层的嫉妒暗流。也许她嫉妒着我对于他的关心，嫉妒着她自己所说的他对于我的关心。她太过强调这份偏爱，总是缅怀痛楚般持续重温，却不曾加以意识，而我也是，至此都不曾意识。这样一个如此人性，而我并不真正相信的想法触动了我，同时也以其平静奉还于我。因此必须平静等待，而且尽管等待意味着一种要求我们进行积极拥护的责任，我感觉到，现在，过了这个夜晚且透过这个夜晚，一切较之我原本的揣想都更单纯、更丰富。我惊奇于自己对她说的这些话："我想和他说话，我想见他。"如此令我羞惭的话语不啻将那极为私人的愿望推至表面，并且对她揭露出那仅与我相关之欲望的深度而足以让她嫉妒。然而这些话我感觉并不失当。话中有种莫名的生怯与难以抗拒深深打动了我：一种须有贯穿宇宙时续的全然巨大才可通达此地的少年人欲望。而这些说不定只是在说我，只说着我所想要的，但这些话我是对她说，对那个坐在那儿，在我边缘的年轻女子所说的。现在我轻触着她,就是现在,而刚刚她为何如此惊憾? 因一股我未加顾及的哀伤,折磨着她,以接二连三的问题一再探究,而她怨恕地拒斥,不愿接受她或将无法抵挡的回忆?

这个夜晚过后不久,我对她说:"我觉得您这段时间以来相当平静。"而她只淡淡地表示:"但我也许并不平静。"接着又在力求精确的思索之后补充道:"经常就像有个针尖般,极细极细的针尖一直要逼我后退,想把我推进平静之中。我只感受到那针尖,而丝毫感受不到平静。"这个回答于我也如同她所说的那根针尖,同时我亦感受到它的在场:如此尖锐又如此亲密的苦痛,让人猜不出它究竟尚在远处或是已经绝对地在场,尽管它不断地靠近,而且活跃得无法控制。但这针尖,这将我钉在原地却又以具有欢乐表征之忧虑将我东推西扯的苦痛,究竟引唤出什么,我并不知道。那其中有某个黑暗的东西是我所不能承接,甚至令我背过身去的;那无疑是与他相关,与威胁着他的病重状态有所关联。不过,当他再次脱离这场危厄却被轻巧地冠以感冒之名的险境时,我并无解脱之感:他,几乎不见有更深重的疲态,尽管我每每失措于目睹眼前的他比起记忆中的他显得何等衰弱——且不只是更加衰弱而已。仿佛有股极巨的能量打压在他身上,而以这极巨的重压递传给他一股大能,让它配得此名———一股高于一切且已不再受制于任何优越性的无能。(对于这样一个男人——一个将面临一场对其自身而言太过强大的死亡的男人——将有何事发生呢?每一个逃过那暴烈死亡的人都有一个时刻带上了这一全新面向的反照。)他还是置身相同的角落,等着她,等着我们,而我全然无法安心于他现在并非处于最糟状况的证据。相反的,那如此尖锐又细密的针刺只是愈加尖锐与细密。我在牌桌上,他庞大的身躯略略陷在扶手椅里,仪态透着优雅。我几次见他坐在这张椅子里,倾身向前,头垂在呼吸急促的胸前,毡帽在他脸上投下一块浮动的阴影。今天,印象鲜明了些,气色也好了点。他必定感觉到我在检视他。有一会儿,他看向我这边,先是极短促,像是不期碰上了自己的那种眼神,接着又朝我这方向抬起、扩大,但远非我所期望的那种穿透的目光,只是直直而依然空洞地盯着我,但又太过广泛地慢慢观察我,仿佛于我所在之处有那么一大片人潮得以目光拥抚。

当他以这种令人失望的方式看着我,我却感觉瞥见了一丝微笑的轮廓,淡淡的一抹痛苦的微笑,也许是讽刺的,也许是失神的。其立现的效果如以投刺之迅疾痛击我,直凿进我最深遥的记忆里层:这痛不是别的,就只是他的痛。是受那针尖所召引来的、属于他的痛、关于他受苦的想法:其方式非我们所能量度,亦非他自身所能量度。我不会说我现在才发现这痛苦。我只不过是已经思想它太甚,我召唤它,我否认它,比孩子的受苦还更可怕的苦,深深地将他穿透,让他整个人只显现为无边无际的衰弱以及作为这衰弱果实的甜柔。最初,若人问他:"您痛苦吗?"他总回答:"不。"这声"不"尽管如此轻柔、耐心、纤细得如同透明,却也是枉然;它完全可以轻轻地就拒绝掉我们的痛苦:它充满了一种未知的痛苦,不发出呻吟而谁也无法探询抑或同情的那种,一种比最清亮的日光更为清亮的痛苦。这声"不",出现在一个几乎总是说"是"的人身上,是可怕的。它代表着决裂的秘点,它标记着从这域界开始他已将我们,甚至我们的受苦,视为消失。"为什么,他人那么好,却不肯说出，是的，我有点痛苦，作为结盟的表示？也许是他无法表达他的感受；也许是没有人在那儿承接他所受的苦。"因这理由，我于是认为他正在死去，但不受痛苦。我们害怕这痛苦恐将于他身后继续存留，若他没能将它承受到底。我不敢告诉自己读出了什么样的讯息，在他那张脸上，而她要我触摸，并且带着某种惊恐回答我："您怎么能说他不痛苦？当他思想时，他痛苦，而当他不思想时，他的痛苦是赤裸的。"然后她又简白地补充道："应该给他一个或许不带痛苦的小小思想，短短的一刻，我想这就足够了。"她于是试着去为他争取这短暂的时间，这唯一的片刻将使他得以重新掌握那痛苦、忍受它？这仅有的，却也是真实的时刻？何等恐怖的默契，何等的直觉，而他又拉引着她、拉引着我们步向何等的深渊。

　　稍早之前，当她陪伴他——他在台桌后方才站了一会儿就回房了，尽管有心，却也显然无法长时间忍受如此喧嚣——而我看着他们一起走过：她并没有碰触到他，且为避免妨碍他行进还微微退至一旁，我顿时心头一紧。"该来的还是来了。"而他们像是很少走在一起；她虽然在他身旁,却更像是一个人走着,仿佛她置身此地纯属意外;她这样走着自己的路,没有减低,还更助长了我感觉自己正遭受着的分离。但是她这样也并没有走多远。她为他开电梯,帮他定住门的时候,他就坐在长椅上。我以为他们一起上楼了,但是滑轮的嘶鸣还未中断她就已经回来了。我想把位子让给她。一直以来,玩牌对她而言就是一种她企盼能为我启发的乐趣,而且不只为我,也为其他许多人。她在其中挥霍她的欢快、她的轻松,还有她的运气;她喜爱这运气并喜爱为这运气所爱。但这次她不玩了。她待在一旁,脸色封闭凝滞,不太看得出心里有事,又保持着距离,受着连她自己也说不清的一股闷气。我有点不舒服地想到:若是她继续这样下去呢?我想起那一晚发现她警醒着却又如此骇人地退缩的情状:若说触摸她,我确实得以触摸到她,尽管需以惊恐为代价,这或许正是神奇所在,而如此神奇有可能不会再次重演——或是会,一直?永远?就是那时我大胆地向她表明了或许他并不痛苦这个想法,而她以尖刻的急切所给我的答复如今就矗立在我和她的面前。我不能怪她。只能怪我自己迟迟没能做些什么来阻止她接近这样一个她肯定在其中不断辗转回身的受苦空间：她一会儿远离，一会儿又返回其间，或是保留着这份静定与这份平和——从中我现在了解到这平和或许在我所自以为得出的领悟之外还有另一层意义：它就像当人陪伴极为病重及受苦之人，为了为其免除一切痛苦的共振而自持自守的一种平和，一种无论如何不容许有关它自身的提问、任何担忧或甚至只是一个想法趁机透入的平和。然而结果并无丝毫平和，仅有一种更为粗犷的静默，以及一种糙砺又硬酷的杂音，静默与杂音的音乐质地均已遭剥除至恐怖的境地，致使对于此地之人及各处所的惯常造访格外叫人难受。甚至，在夜里，呻吟、呼叫总带着某种干涩而无法激起怜悯；它不呼唤谁，不触及谁，缓慢的折磨，无感的衰毁必须系连至他所身受的痛苦。而他尽管静默地以无限的耐心磨钝这痛苦，结果仍是枉然：它就在我们四周，且因其轻盈而愈显沉重，将我们推开，将我们斥离，吸引我们，分散我们。

万一他消逝太早，那又将如何？万一痛苦于他身后幸存了下来？以及随即这个念头：要是他其实已经消逝了呢？要是那被我当成是他的一切不过是那苦受幸存下来的无声在场，以及那从此将与我们同在的无尽痛苦——必须于其重压下无止境地生活、劳作、死亡——之幽魂？如此卑劣的念头，早已源生自那苦受、那苦受之疲乏、那轻省我亦轻省的欲望。似乎她曾意有所指地暗示过这点，那是很久以前了，而我并未多加留意，也没有费心去将她从这话题引开，而从那告解中我仅能忆及那令我愉快的场景。一天晚上她想出去，到草地上走走，经过了广敞的伙房——其因卫生理由，闲人禁入——她带着我来到侧旁的院子里。已经有点积雪了，但天空并非下雪的天空，就在这时我看见了这空间可以何等黑暗、紧缩，如同逃向无尽的远方，却又无尽地朝我们靠近。"您看那天空多黑啊。"寒冷，以及无疑受制于恐惧——她总是对我说夜晚出门令她恐惧——加上我这样硬要她看黑色的天空，她于是感到一阵晕眩，我便带她来到充当伙房养鱼池的槽边。我们两个就待在那儿。一片静谧中，只听见那水声，神秘而涌动的音响让人得以想见鱼群因我们的在场而受到惊扰的那种迷惑的骚乱。她很快就感觉好了些，想要起身，却又开始头晕,抱怨头痛得厉害。我们所在之处,雪积得比较厚。她对我说:"我想我要是把光脚丫埋进雪里,我会舒服些。您帮我。"我帮她脱下鞋子,解开并且褪下她的长袜,然后她就把脚伸进了我朝她推去的雪堆里。她这样定着,而我环抱住她的双腿。她说:"我们不该再进屋子里去了。""您这么希望吗?""是的,在这一刻。""那我们去哪里?""随您想去哪里。"楼墙就面立在几步远外,并非整面可见,而是形成一块强势的巨大黑体,底下的楼层还有些灯光,上方则全部消失在黑暗中。我意识到她话语中似乎宣告着她内心的变动。难道她已打算放弃一切而不后悔?"是的。""但您整个人生都是在这儿度过的。""我整个人生,但那几乎算不上人生。"我向她言明对此她恐将无力承担,她已经适应如此特殊的生活条件。如此行事可能相当危险。"您是说有可能复发?""是的,有可能。"她想了一会:"死亡,我想我是可以的,但受苦,不,我做不到。""您害怕受苦?"她微微一颤。"我不怕,只是做不到,我做不到。"当下我只从这个回答看到一股合理的忧惧之情,但也许她想传达的完全是另一个意思,也许这一刻她表达出了那无法承受的苦痛所呈现的真实,又也许她由此泄漏了她最为私密的其中一个想法:会不会她也是死去很久了呢——她周遭已有那么多的人离去——如果,为了死去,不需穿越过那层层叠叠厚重的非致命苦痛,如果她并不害怕自己将永远迷失在那阴暗至极的痛苦空间中无从觅得出路。当时,我并未真正留意到她这些话,又或者我没有加以正视,如今我重新理会这番我过去不懂得聆听的言语,在她冰冷、打着寒战的在场中,在这片寂静的雪景里,这片缩化成一个点的天空下,而我正紧紧环抱着她光裸的两条腿,慢慢地将她拉引过来,以至于最后,她就像再次被那刚刚将她摇撼的晕眩攫住般,在我身边倒下。

我们还在图书室里。我想着应该是要上楼回房了。那是朝他行去的溯返;走廊上我便听见他,他那虽说踯躅却极坚定的脚步声,让我听见他在接近,正从极远处走上来,而且仿佛他始终是那么遥远,却又经过,走向更远。我丝毫不曾考虑他走进来的可能性,我知道他是不会停的,而且我现在知道将会是我某一天去到他那里。我会是一个人去吗?是的,我会一个人。而这时刻将如何结果?我又能如何？试着及至他，为使他轻减于他自身，为给予这苦痛的一张脸，为让他走出缄默，强迫他表达，就算它只是一声足令我销魂的叫喊？但为什么要去惊扰他？为什么要强逼他认出我身上，因我的接近，那恐怖的、他本可静静承受的痛苦？为什么要对他说？为什么要这份痛苦开口诉说？这其中有着某种必然的什么，却又那般惹人反感，让不知是哪一部分的我坚持抗拒着。关于他，全部都是混乱不清的。他的周围环绕着一个浊乱的区域，一个令人作呕的淫佚现实：在他周围，又或许于他内中。这极低下，若要触及他，简直必须降至太低，而唯一响应这声呼唤的便是那憎恶的启动。这是一种要他更加低下，辗压他甚至只是对他加以碰触的需要，且不以直接的蛮力，而是依照他的隐匿暗中予以缓慢的侵袭，同时也要袭击他的脸。这张他将以惊恐的大手护住，而从双手背后将会透射出他的恐惧、他的困厄以及他的嘲讽的脸：是的，将之辗压，使其更成为其自身，之后我们便将自由。那将是充满自由与空无的奇迹时刻，一种未曾体验过的幸福将以满满的冲劲与热力，飞来与我们相会。

可怕的梦思,我满足不了的思想,且在其中我认不出我自己。若我必须采取对抗他的某些作为,那也得是出于友爱的情操,只用手击打他,而非思想,只用思想,而非算计——且并无厌倦,无知无欲。若我必须是他的命运,就让这命运降临他,而不要贬损他。但我随即想到:这更卑懦,这让我保住了灵魂平静且受护卫的尊严。这样的一件事情不能存在,若是存在,也只能是恐怖的,一种令人厌弃的悲惨,一种无人可得痊愈的丑陋创伤,是那么凶恶、畸怪、肮脏,是那粗野的无耻以及庸俗的宿怨汇流入侵。且这将不是一次,而是每次,每次他都将更堕败、更衰弱且更痛苦,而我,更加强大,更加狂热并更快乐。那便是我们所前往之处,这场交会的真理,这真理的倾向,都在那里了。这她知道吗? 而她若知道,她有何想法,有何期待? 我能查问自己,却不能肯定地回答。有时她在我看来显得残酷,而对于她所不能忍受的一切,她确实是残酷、排斥、毫不留情的。她对一切的丢弃,都是加以暴力,不管爱的、不爱的。但偶尔,却又出于一种无尽的潜能以及绝妙的耐心:像是对待动物,比如说。我想到她对他有某种些许的理会,即如一般人对待动物的那种友谊。他也许令她憎恶,但她仍接受他;有一天她就这么回答我了,当我对她说:"您不知道他是谁。""是的,我不知道,但我接受他。"是的,她接受他,这个词说明了一切。

在这句话的光照下,让我想再一次打开那介于我们之中的空间。整晚,当话语自她涌泄而出且原该令她解脱之际,她却还是那么遥远,光滑的脸面几乎没有轮廓,几乎是丑陋的。这张我动情地渴望抚触的脸,而一旦我将手伸近,不论动作如何快速及轻柔,她总瞬时就转开或是执意低下头。这危险的保留,维持着那激切的表象,似乎正是以她为摹本而且并不稍改其一贯的行事风格,但她在其中却只认出——若容我抱怨——我的冷淡所投射的反影。的确,对于她的话我并无响应。我既不能否定,亦无法承接。我不怀疑以我们目前所在的尖锐境地——且又感受到这话语的尖刻仍在我内中振荡——些微的鼓动便可激使她得出如此结论:"您应该去看他"这句我等待已久,同时也极可能一旦杵立于我们之间,即永久将我们分离的一句话。难道这回不该换我归结出她自己曾经去过那里,也许是经过,也许更亲熟?她去过他房里,若我有时会这么相信并且这么希望,那也只是因为我从未如此想象。而她又怎能对这样一件事缄默不语?怎能背负它、隐藏它于她那细瘦的面孔下?无疑地,我没问过她,而且我也不想问她,但那是因为这个问题在我们之间并无立足的余地。

我必须作如此想:也许她完成这个步骤,并非真正去完成,而是因为她拒绝完成。正因如此,她学到一些若以直通到底,依随本身自然律动带领的方式将不会学到的东西。同样的,她总是拒绝和我谈论此事,而我也不问,因此我也属于这同一个拒绝了。然而我还是感觉若我能找到机会好好问她,她立刻会给我最坦白的答复。一切因此取决于我,取决于那提问。

而我若要走到这一步,那将会是多么困难啊!要了解这点,我只需回想她拒我于千里之外的那个夜晚似乎已经让她淀积出保留的心思,而现在将它甩脱对我已不足够,我反而应致力于维持这份保留的完整,因为我预感到那将是今后我们能毫无保留地彼此触及且不带谎言地交谈的唯一所在。在这样一种间隔当中,我确信她将对我无所隐瞒,但条件是我必须同意——尽管勉强——进入其中。我果真将同意从此不再逼促她及寻觅她?我确实该责怪自己那种不断对她进行骚扰的做法,甚至都已穿透进她的睡眠,及至她借以保护自己的静息之中了。我可以感受到,有那令人绝望的什么就含藏在令她跳出我碰触她的那一晚那一瞬之外的倏然恐怖里。我每每回想,总一再于我内中得见这股激情的奇巧风貌,那印象是欢悦的。我感觉就要再次抓住她,就要拥抱她的散乱,感受她的泪水,还有她做梦的躯体已不像是个形影,而是翻覆于啜泣之中的内心私密。如此一种抚慰一切,超越所有希望、所有哀伤以及所有思想之现实的时刻。这便是我将时时忆想的内容,一如我将回想我们曾在我房里共度的每一时刻。她躺卧露台上,连续数小时,画着有点稚气的风景画或人像,全是女性的人像,与她之间有种模糊的相似作为联结。她的姊妹,她说,或其他时候:"这是您看到的我。"她看见我不停地看着她并不惊讶,既无其他顾虑,亦不坚持,她说我的目光重量极轻,为她周围的物事减轻了重量。"就好像您是独自一人?""不。""那是我独自一人?""也不是:或许是您的目光独自存在。"她很少抬起头来,就在玻璃门的另一边,她裹着被子,描画线条的手经常是不停的。这时我仿佛看见了那将她形构的本质:不能说是孩子气,但确是几乎无涉于对于未来的想法,是如此的显现在当下却又不受当下羁绊,是一种无忧无虑但亦如此高深,让我在看她时眼里只有迷醉。而无疑也是因此,她同样有了那几乎将她迷醉的轻盈感受。是的,时间一久,已如沉陷于此轻盈精神的她并不总是清楚自己是否有能力掌控它。"而您还是很平静。""是的,我很平静,但这几乎已经像是个回忆了,那最遥远的回忆。""已经过去了吗?""是的,也许已经过去了。"但她仍不忘加以补充,以她并未放弃的那份对于精确的要求:"总是有那尖点,仿佛一枚极细的针尖在逼着我们后退,迫使我们回到那平静的中心。""我们? 包括我?""是的,我们,只有我们。"或者她确实待不住了,仓促地,她丢开被盖,进到房里。而她的匆促、她的烧热让她僵住不动,直到她找到出路可以将她领向我,同时也领向其他日子,仿佛真有那样的日子。过去,那儿,在那空间里人们似乎走得轻快,而一个一个从彼此身边滑过也更轻悄小心。滑向何处？为何这般匆忙？有时，他们分开然后彼此凝望，仿佛他们中间有着另一个回忆。不是回忆，是忘记，描出一个圆圈并将他们隔离的折磨。她总是害怕自己于她自身之外死去。她说："您要牢牢抓住我。您在我身上抓住的点必定就是我遭触伤之处。"有一时刻，她开始想要回忆起什么事：她慢慢地寻思，微微有些担忧，但也有那强大的触觉感知以及坚韧的耐性。若是她能够起身，她无疑将站起来找寻，像玩游戏般，寻遍房内和整间屋子。"这里？""还是这里？""不，还远得很。"她所做的一切，皆有对这被遗忘之物的影射，影射得如此含蓄且朦胧，无人敢妄自多心：这一切有点是发生在后场，在她同时也在他的背后；也许把他们两人都牵涉了。当她死时，她给人一种安慰的、绝望的印象：她是为了回忆而死。之后——已经半夜了——并未从那静止状态中出离的她突然问道："是我正在死去吗？是您吗？"这些话他清楚地听见了。他俯身向她，然后她张开眼睛，看着他，那目光沉重、静止、孤独，一如他对她此刻目光之印象。那像是她的一个提醒，要求他守住某个承诺。

丢下了无人的会客厅,每当我们静静爬升,除滑轮嘶响外别无其他声音,而听着这我已经开始注意到的声音,我想到她将与我完成她方才开始的旅程。她会打开电梯门,走在我身边,但稍微退在后方,并不完全比齐,而是维持着几步的间距,就像当她和我"处不好"时也就只能这么做一样。如此将全程持续在那条传说中的走廊,窄窄的走道上开着一扇又一扇的门,日夜流淌着同样的白光,没有影子,没有景象,而且就像医院里的走道,无止境的低语碎响流涌不息。每一扇门都相似,全白,与墙壁相同的白,分不出,彼此之间也分不出,除了上面的号码。而当人行走其中,走廊里的一切就像在隧道里,一切似乎都同等地鸣响,同等地寂静,脚步,人声,门后的低喃,叹息,美妙的、悲惨的眠梦,剧咳,呼吸不顺者的嘶嘘,以及那或许已不再呼吸之人的静寂。我喜欢这条走廊。我从中走过,感受着它那平静、深沉、淡漠的生命,了解到这里对我而言便是未来,且除了这洁白的孤独之外,我将别无其他景致,而我的林木将在这儿生长。这儿将绵延出田野的广大窈窕,海洋,云朵变幻的天空,这儿,在这隧道里,我的邂逅以及我的欲望之永恒。

当我们来到门前，停步而未将门打开的我，究竟是受制于怎样的一种思想？是一种不带思想的哀伤；它既不要求什么，也不强加什么，什么都说不出，亦无法被安慰；它就仅只是空，却硬是将我们分离，仿佛她在时间的某一段而我在另一段——而这些都同在一个时刻以及某个共同在场的比肩相邻里。她明白这个必要性吗？她迅速地看了看门，又迅速地看了看我，然后走向她那位于稍远转角处的房间。

二

若我细想那所发生的事件,我必须说,对我而言它几乎就与那使我得以面对它的那样一种冷静相混淆了。慑人的冷静,那么地接近这个来自如此遥远之处的字眼,并非完全为我所能容受,且甚至远远超出我界外,但于我不造成妨碍。我在其中有我的一份,它碰触我,甚至微微推开我,像是要将我维持在我必须冷静的这一时刻的边缘。

　　我将我的思想套用其上,且尽管我们之间并无真实关联,我仍有种仿佛自己被联结至一个空间的感觉,被等待、提防、怀疑、亲密、孤独等感觉联结,这些感觉可能会适合一个活物,而此活物是人? 不,还不是人,而是更暴露,更不受保护,却也更重要且更真实;但如同我对这空间全然陌生,我亦完全不识那将我联结者。我只知道我亏欠它诸多关切,但甚至这点我也不能确知,因为或许我还亏欠它一切关切的一次野蛮空缺。

此外又添加了另一层感觉。这个空间,在显得无尽遥远且陌生的同时,也为我提供了一条像是直接进入的路径。我感觉,若是我能够做到冷静,能够进入这冷静的范围并且在我内中成为它于我之外所是者,那我将可维持住平衡,不仅是与我自己全部的思想,还包括那个静止的、沉重的且孤独的思想——于其庇护下,我各个思想得以如此轻盈地继续展现。

只需等待,但等待……我踏出决定性的脚步了吗?我难道不该以更活跃的方式俯身向这极度近身的事件——我感觉受到它的监视,而我无疑也借由它来监视我自己,看守着那份业已交托给了我轻忽之心的宁静?然而,我却已享受着,如身不由己般,这全新的状态。从来我不曾如此自由过,而想法也是,除了那沉重静定的思想外,全都更加自由,更加轻盈了,甚至太过轻盈,让我身陷一团轻渺的灵气之中久久无法自持。若我愿意,我原可思想一切。而这正是我必须加以防范的——防范这个更具吸引力的感觉：我们思想一切，一切思想即是我们的思想。

我不会断言这空间已清楚定出了界限，但我感觉确实有这可能，只要我进入其中便成，至少是有可能成，某些疑惑仍在。我跨出的每一步都体现这疑惑的强大，它不仅将我推斥，同时也推着我前进。若不是它和我之间有种不确定性保护着它也保护着我，若不是因为我的弱质，它的弱质，我那如此坚决、如此确定、如此高超于我之上的弱质，那我将甚至无法揣想那足够广阔的思想以含容我们二者。

但我并不怀疑它所建构出的那种在场。打从我一来，我就观察它、体验它；我轻压着它，我的额头压着我的额头，而将我撑住的，是某种不知什么太过简便的东西，在这如此的近逼中，它没有防卫而我没有决断。这也太简单了。如此的简便性或许即造就了我长久以来的偏离：一个动作，而我时时伸手可及。对此，我只能感到诧异并且避退。

有个东西告诉我疑惑必永远相等于确定，而确定必也与疑惑源自相同的本质。

必须等待。必须让它对这一等待积聚力量,对我的接触确立自己并且以这种平静透支我。它必须找出界限,既不会太过有别于我的界限,也不会太过严密确定:它重新闭合,却是合上我。它的不稳定,突然之间让我极度害怕,而我又同样畏惧着万一它就直接干脆地与我过分贴近。亲近的它,将比陌生人更令我恐惧。

一切如此平静,若非有那轻柔的、持续作用于我身上的压力——这压力极端轻巧又极端强韧,让我无法保证不会经由我的反抗或是经由我的等待的指挥而施加于它身上——我或许便相信我已经达到了某个目标,或许是终极的,其中一个终极的目标。然而,平静似乎也介入了我们之间,确实,并非像是障碍物或是距离,而是有如回忆。

危险的平静,我重新意识到,而且就像这危险关系到它自身——被威吓、威吓人,却又无可摇撼、无可摧毁——一切已成定局;如此字眼在此显得暗不透光,却也轻巧。

它拉出暗幕,它带来寒意。那等待(平静)让我感觉到,那里,某个我只能定位于那里的其中一个边角上,有个出口开向一个不同的区域,那更为虚妄且更具敌意之地,让我和它同样地心生畏惧。

这空间是逃逸的、诡诈的、受惊的。或许它并没有中心，这便是为什么它以逃逸、诡计、诱惑等错乱我的方向。它潜逃；它不断潜逃，却又非时时如此。倏然，我眼前即现出一急切的显证，一最后之贪婪，令我必须逃离，仿佛它已被吸引至我内中，因为预感到了它所没有的那个中心，或者因为那等待着我的平静。多可怕的感觉，即刻便令我退却。但我也一样，也变得狡诈了，我学会了不以它为满足，不以我为归宿。我从不绝望，我不休不倦地悠晃。我失去了一切习俗、一切道路。那静止的思想是我仅有的坚固之物，它包覆着我们，或许也保护着我们。

然而，我还是隐约看见了可能性，认出了那些一切变得较为紧密、较为真实的所在。像是一道斜坡，跟着前行即可，它起始于平静，并且通往平静。每一边，都有着那光灿的影像、不绝的低响。这低响令我沉醉，甚或疯狂。我感觉它似乎不动、高大且滑顺，是那将我推向低处的高，是那不受静默所触及的话语。既强大又空洞，专横又驯柔。发声于距此地极远之处，甚至距离此空间极远，仿若界外，在那虚妄的他方境地，却又同时在我内中。

感觉我无论如何不该利用这话语的激荡，抑或黏附其上。但我立身那窄仄醉意的棱尖上，缩靠向一缕轻盈之幽魂，控制着那发自痛苦、发自喜悦之情感，亦不控制它。这很轻，充满喜悦，充满一种神妙的轻盈，说是可听见，其实更可被看见，灿亮的球体，与球面融混的球体，不断地增长且于增长中始终平静。毫不含糊的话语之激荡——且当它不语，它并非不语：我可以从中区分出我自己，只要听着它同时听着我内含于它，那恒久说着"我们"的巨大话语。

这般的迷醉自它身上涌出。来自于那从我身上涌出的"我们"，且在那空间已自我封闭的房间之外，这个"我们"促使我必须自我聆听于那合唱声中：其基座我即定位在那儿，向海的某处。

我们全都在那儿了，全挺立在我们一体的孤独中了，而我们所说出口的，持续不断地赞颂我们之所是：

"如今我们之外有啥？"

"无人。"

"谁是远的,谁是近的?"

"这里的我们,那里的我们。"

"而谁是最老又最年轻的?"

"我们。"

"谁该被荣耀,谁走向我们,谁等待我们?"

"我们。"

"而这太阳,它的光来自何处?"

"惟来自我们。"

"那天空,它是何者?"

"我们内中之孤独。"

"那谁该被爱?"

"是我。"

　　这神秘的回答、怪异的呢喃搅扰着我们:语音微弱,尖细得像蜥蜴的吱响。而我们的回答却有着那诸世界加上诸世界的力量及宽阔,但仍旧是静默的。那另一个却带有某种动物性,且太过肉体性。无法被觉知的它,摇撼着我们。尽管它已如同惯例,耳闻它仍引人忧虑,高妙的惊喜。

巨大的幸福之感，我无法将之排除；它是这些日子的永恒辐照，从最初的时刻就已开始，且让这时刻仍旧持续，永久持续。我们待在一块。我们活着，转向我们自身，如同面对一座惊人地从一宇界拔高至另一宇界的山岭。永不停息，没有限制，一股永远更加沉醉而且更加沉静的醉意。"我们"：这一词永受瞩目，无穷高升，穿行于我们之间如一阴影，寓居眼皮之下如那永远明视一切之目光。它是庇护，底下是我们挨着挤着，凡事不知，只是闭着眼，而嘴巴也闭着。我们又是如何看见诸事物，这怪异的太阳，这恐怖的天空，这正是我们所不在意的。无忧无虑是我们所身受的赋性，且自最初的时刻起，就已是桩极为古老的物事：这种高海拔的感受，巨大的廊柱混淆了高拔与基底，令一无限的增长为我们所触及。是的，这永远往前更进一步。总是更不可摧毁，总是更静止不动：永恒自成，但又不断增长。如此一种发现立刻获得接受。没有开始，而是保持恒久警醒之翅膀。没有结束，只有永远满载且永远渴切的憧憬。这个思想并不使我们的肩膀担负多少重量，它毫不庄严,亦不沉重,它就是轻盈本身,我们因此笑了,而这便是我们巡游它的方式。轻浮即是我们所拥有的最佳质量。赞许我们自身为轻浮者着实令我们错愕:这如同我们内中某个未知的中心被触及了。

有时,天空变换颜色,黑色的它,变得更黑了。它升高了一个调,像是为了指出那不可穿透者又退后了。我有点害怕唯有我一人意识到这点。他认为,一切均为我们所共有,除了天空,我们的孤独部分行经这一点。但他也说这一部分对每个人都是相同的,而且我们全都结合于这一点直至我们的分离里,仅只结合于此而非别处,这将是终极目标。证明这一点的,便是每当那黑色经由一种只能传递至我们自身内心的色差而变得更黑时,每个人为赋予这迹象以现实性而秘密说出的话,便从每一部分升成为一声共有的相同叫喊,而且也唯有这喊声能向我们显露什么是我们只让我们自己能听见的。可怕的叫喊,显然从来都是一样的。那可怕到最高程度却依然不变,然而我们知道它也在悄悄地变异,以响应天空那并不明显的变化。可怕就在这里。

我们不会忍受天空只是一个点。由此延展出这个覆盖我、包容我并保护我的思想,如一面纱盖。"但如果它不是一个点,如果它不是像最尖细的针尖那般微渺,那我又如何能承受呢? 你是说天空像个针尖般插入我们?""是的,就是这样。"

所以或许就是这针尖刺穿了我所有记忆中那最遥远者。那最大的平静统御着一切。这是个独一的时刻。确然,我们在那儿触及了某个并不在期望中的东西。它就是突然来到,就在原本预期该是那相反之事发生的时刻:起身(若是原本躺着);静止不动,若是原本在跑(也许是在逃);又或者,说得更清楚些,停下来,然后思考般低下头。于此,确实,我已不复记忆。言语以此维持着我们,影像为我们显示,而记忆并不与之交会:我们无益地在我们自己身后躁动不安。然而,我还记得许多事——也许记得一切,但不包括这个时刻,而且只要我一将自己带向它,例如借由一个较为大胆的行动,我立刻就会碰上那个极度尖细且绝妙遥远的尖点:那个我们称之为天空的黑点,这独一的善变的点,总是更黑更尖锐,突然就在眼前出现,且它的出现只是为了诱请我们后退，返回我们的轻盈，持恒地将我们带离其中的那平静之核心。

那又是什么将我们从平静之中拉出呢？又为什么，平衡一旦达成，它便重新且像是从此失去？从何而来的这种印象，让我们感觉我们全部都必须去守护，围绕着这平静时刻，那冷然的顷瞬——关于其记忆我们却极陌生。为何我们知晓这并非属于知晓之事？问题在不知不觉间举起我们，将我们彼此朝对方丢掷，是我们自身的摆荡，美好一日的摆荡。

不断肯定，永远说"是"的幸福。我们经历过其他日子。在那边，过去，我们似乎走得较快，人人从彼此身边滑过也更悄密。滑向何处？为何这般急促？有时，我们望着彼此，仿佛有个回忆存在我们之间，不，不是回忆，是遗忘，那与某一时刻的接触，那画出一个圆然后将我们隔离的希望。是过去吗？这张突然之间变得可见的脸？

我们经历过那些日子，它们不属于昨日，它们永远是那正在到来而不会逝去的日子，以及那来自于我们的光亮之欢悦，和那穿透过墙壁，行经所有路径，没有迷误亦没有怀疑,欢悦地朝我们自身前进的惊喜。为什么这一切要改变?为什么过去所说的,永恒,现在就不说了呢?"但什么都没变啊。只是你也必须了解那过去的永恒。你得先将自己提升到一定的高度才有办法说出:此曾在。如此任务即是此时所为你保留者。"

我不信这番话,但我也没能够摆脱它。这就仿佛我必须也要能于过去之时听懂这话,并且感觉若不相信它,即会比它更快地倒坠于它已挖出的倾坡。

轻盈之精神,那是不该背叛的。若与之背离,那种恒定思想的感觉即变成一种静止警戒之感。它还是提供庇护,但它同时也下压——"轻轻地"——这下压的程度不比我们放手任由自己向其倒坠之重力。而我们将倒向何处,若我们跌坠得更深些?若我们有能力变身成可怕的、负罪的重压?这个问题不就已经是那可能将我们推坠入答案之中的重量?

答案就是我们或许又会跌回那平静里——从中出离仅是由于轻盈,因为在这平静中,一切事物都变得无限轻盈,轻到无法停留其中。

"但是他们不害怕去说,不害怕听人说他们已经死了?""不,为什么我们要害怕呢? 这反而让人放心啊。""这证明了他们无忧无虑,他们那无限的轻浮。""但正是这样的啊,死亡,成为轻盈。"

我自问如此对话中为何隐藏着一股深沉的忧虑。

静止的思想,你裹覆着我,或许也护卫着我;执拗如你,并不响应,只是存在于这里,你也不上升。沉重、孤独的思想啊,在你内中无疑隐藏着那极端尖细且至奇遥远的针尖,不断地、不施加暴力地,但以一种冷然的权威,招引我退回那遗忘之中。与不回答的你,我有话想说。我可以这么做,这是许可的。我会平静地,慢慢地说,不会中断,即使我不说话,即使我与这番我得以表达出的话语并无关联。为何一切仍未结束? 为何我能够质问你? 为何你就像个空间存在那儿,而我依旧置身其中且感觉与之相系?你甚至并不静默;漠然对待一切,甚至对于静默,而当我将自己带向你,以一个令我自己惊讶的动作:冰冷、亲密、怪异的接触——仿佛我不该、不能思想到我。

为何你就任由我相信,只要我愿意,你即可变为可见?

为何你任由我对你说话，以那些将我与所有人隔离开来的亲密词语？你是否在保护我？你是否在监察我？为何不挫折我的意念？这很容易的，一个手势、一次较为坚定的挤压，我或许就将说出："罢，既然你要这样，我放弃。"但你就只是在那里，而那些直达于你的词语，这会儿碰上了一面墙壁，全都朝我弹回，要我听见。一面墙，真正的一面墙，四面墙壁界定我的居所，构成我的监室，于所有人之中的一片虚空。为什么？这个我该扮演的角色为何？我又受到什么期待？我不是，我不是已进入这平静之中？是什么将我带离这平静？是否这平静恐将被摧毁？那又为什么，若它被摧毁，我们仍持续在它周边戒护着，这个时刻，这个冷然的，我们已不复记忆的顷瞬？而真的是每一个都戒护着吗？也许只有那唯一一个，也许无人，也许我们并不戒护什么，也许我们全都还在那平静的核心，这个我们不断来去着的所在，永远更不稳定、更为躁动的我们，而这却是那深沉休憩的呼吸。

　　"平静啊，平静，你何求于我？""有的，质问，这会让平静欢喜。"何以这般用词？

奇异的意象:这词语述说了人人于死亡时刻所进入的那种平静之亲密,当安息与静默已寻得其所,各人并非为了自己享受此亲密,而是借由一种神秘的赋性将它还予那共有之灵魂,不是将它交付出去,是自由地还原更新——这是无法被征服、被套牢、被惊吓的。而那最后的审判便将是这份人人终将借以自其休憩时刻蜕脱的纯然赋性。但这份将我们浸透,容我们从中汲取真理以将我们推进,汲取动能以将我们结合的平静,这潭人人于将死之际予以供养的源泉,却是那我们所不敢称之为永恒之心者。奇异的,奇异的思想;我正面看着它,但它完全不受惊扰,不受禁令,不受强制。静止、孤独且沉重的你裹覆着我们,也许还保护着我们,而你内里的那些思想是何等轻盈,又是如何地即刻扬升,且每一个莫不如此:纯真、善美、喜悦,一个虚空之瞬刻的致意与微笑。没有比这些思想更加温柔的了,它们是自由的,它们让我们自由,思想它们,就是什么都不思想,而如此我们不断追问。

为什么我只信任你?我感觉自己只与你系连,而且,尽管背后隐藏着天空这样一个尖点——这个虚空而且永远更加虚空的折磨持续不倦地诱请我后退，借由那无可感知而永恒的压挤，那推斥我而不再拉引我的平静——我仍感受到，在查问你，在质问你，在能够说出"我质问你，我查问你"之时，一种坚定保全着我免受那言必称我们的醉意。若你欺骗我，那是我所愿。若你什么也不是，我将只与你什么也不是。若你期待我将你耗尽、将你还诸我所是的这空虚，由你的帮助，若那是终极标的，我将达成。

　　要注意，我并不排除你或将显现为一个陷阱的这种想法。或许我没死，而你在那里是为了从我身上，借由我所信赖的你的保留以及你的耐心，获得即将到来的平静时刻那自由的牺牲。平静已被给出，不能收回，它未被给出，它是那最终劳动的果实，是死亡从那死逝者身上于一时刻中接受自它自身的奔放与平衡。就是这样。这你将不会否认，而你也不会否认，若将这时刻留予那达成它者，则对于此达成者来说将不再有其他时刻。但必须让那平静涌向心房，必须成就那神秘的赋性，那自由的审判：啊，永远说"是"的幸福，这些全新系连所带来的惊奇，以及对于那最为古远者的确然肯定；如此召唤从那原初的轻盈达及我身,指向那崭新的轻盈,如此思想并不被我思想,而是已又攀向高远之处,以迷狂的迅疾拖着我往前,并非全然地拖带我。

经验,于此境况,证明了你以你的重力留住我、保护我,而且你保护着我或为我斩除那共同的亢奋、那共同的无虑、那巨大的言语。只要它一达及我身,就有无尽喜悦之感;而若它不语,它并非不语,它穿越我。我驻留它身旁,并且在那儿,我希望将其根基定置于那儿的合唱声中,并听见我自己:那儿,向着海的某处。而为什么你什么都不给我,亦不给我任何承诺。或许还隐瞒一场折磨的尖刺与狡计的你,为何又对我显现为比那至高者更为优越,比一切幸福更为幸福,比平衡更加公正——究竟你是何者?些许的空间,空间中的一个点?

在这监室里面,你知道的,有人。这我宁可不谈。依我之见,那是个影像。压靠着你,静止的思想,那于我们内中反映自所有人的一切就此成形、闪耀并消逝。我们因此拥有那最大的世界。因此,在我们每个人内中,所有人都在那无尽的镜照中被反射着,而从我们被投射出的辐光般的亲密里,人人回神转醒,被那仅是全体之反光所启明。而关于我们每个人只是那宇宙之反射这样一个思想,这个对于我们之轻盈的响应让我们沉醉于这样一种轻盈,使得我们永远更轻,比我们更轻,在那镜光闪烁之球体——其从表面到那独一的星火是我们自身恒久的往来——的无尽中。

为何我们思想这点?因为我们思想一切,一切思想都是我们的,甚至那最为钝重的思想,一旦触及了我们,即变得如许轻盈,且带着我们一同上升。

我所倚靠的思想啊,我低俯的额头靠着你,额上贴压着我的额头,无可跨越的重力却也时而让步,给予我以过往之感,是极冷的空间中那绝瘠的空间复归于空间。为何我必须保有你,那保有我的你?这是个大患。如此活在一切之中,如此远离一切,承担那轻盈如一重负,对你述说那无法触及你,无法表达我的话语——还要撑住你,使你坚定镇守住那自身的界定,那必须有人待着的小小房间。

我必须将你撑持稳固,护守住你的界限。我必须克服这样的怀疑:你的静止将永无歇息,你稳定的在场将会是无尽的缩退。你是在疏远我吗？疏远这些我所没有的思想，这些达不到你身的词语？你是想警告我有危险？你是否想要说话？你躁动着，躁动着，我感觉得到。这也令我躁动。

一时间我舒展开来。在你身边是多么平静。这里多么空虚。我感觉我们似乎噤住了声。从那小窗户透进了一缕光之回忆，而这样一道冷冷的光辉穿透了一切，造就了空虚，同时亦是这空虚的光辉。我清楚记得这间你以你那独有的严格加以界定的房室，而我出不去，因为这里已然成为外界的属地。一切是如此精准，超越了必要的程度。你不识阴影。奇怪的是夜之黑暗竟是这孤独的光辉。我也许可以向你描述——尽管我不识——你所形成的这空间，而若是我向外界探出身，便可看见被光明所照亮的走廊；而只要我一踏进去，我的脚步便已朝我迎来。但我不会出去。所有这些我看见在此晃荡的人，这些顺服于夜之低语的相似面孔——被叮嘱必须不停地来来去去——引人歧误的信念，无效果的促急，夜之呼吸这样的迷误。为何这般急促？前往何处？是否我的话语亦是前往此地，从我这儿带走不知什么同去？我感受到这些话语中那股引向虚无地域的诱力，但是你，为何你阻止我融淌进这片低语里？为何你防止我整个人出身外？为何你将我内中那发声说话的与我分离，像似有一刻钟的时间带我绕开那个一切都会去到而一切又将从中返回的迷误。我又是怎样参与了那以一较柔的引带促请我跟随的话语——我抗拒这话语仅是因为你困禁了我，但我恐怕无法一直坚持下去。一天，我将说出一个我所不知道的字，而它或许便是我将放弃那等待着我的平静的一个征兆——而你，你是否会在那里引导我说出这个字？你是否已穿戴上我所喜爱者的容貌与形体，以求自由地从我这儿将它得取？你是谁？你不能是你所是者。但你是某个人。那么，谁呢？我有此问。甚至我也不问。我们的话语就只是如此轻盈，直至不断地开展成问题。

稍微一点什么，即足以令我重新相信我那离分的存在，以及为那意象的真确加添信念。然而我知道，这是忆念，而能够将"我"说出口的时节是狭窄的，是危险的。这就像一团火焰蹿向其中的一人或另一人，并指定他来响应那共同的话语。这是怎么一回事？这是个奇怪的声音，一个从地底冒出的低抑窣响，一声干荒、瘠芜的呼喊；扰乱我们的心，迫使我们去听，而这是谁所说？什么是那独一的字词，其上凝聚并沉落着我们内中那仍重滞的部分，太过重压的感觉，毁断了循环并解放了自己？是否我们真的不懂得相爱。因为我们太过轻盈，且又太过合一于我们的轻盈之中？

也许我与你缔连着那我所不能说明的禁制关系。你所在之处，似乎有种我所不能容受的苦难，一种将生命中的回忆与黑暗推斥至边缘之上的苦难。它必定让你如此沉重又如此孤独，尽管有那种种联系结合着我们，但这些联系重压着你，我感到害怕，而且又会是什么将我们连结呢？也许是漠然，也许是必须，它没有名字。你受苦，我早有此预感，受苦于一种我并未预感到的苦痛，但这苦痛就在你静默的光亮里，而且无疑就是这光亮本身，平整的光明，没有阴影，穿透一切并将我维持于一切之外。我希望为你预防此一遭遇。我也是，我感觉到，是远远地没错，极为遥远地，而且就像一种痛楚地穿行于我之外的合谋，那在受苦与我的思想所应是者之间的系联。

有传闻说，那烧毁另一世界的缓慢火苗将在某个时刻激显出那内部的浮动以及那秘密的合体。火烧不过是为鉴明大建筑物那鲜活的蓝图，它将之摧毁但依据其秘密的合体，它在焚烧的同时亦将其揭露。相信大建筑物已无法再供应足够猛烈的中心火源将一切启亮为一片整体之焰海。相信已到了这样的时刻：一切燃烧，一切熄灭，欢快地随机地在无数不同的起火点上随各自意愿，随各自欢喜，以被分隔之火那冷然的热情。相信我们将会是火之书写的闪亮符记；这书写写于所有的人内中，仅于我内中为可读；我，身为应答者——但那已是从前且曾是我们每一人——以低喃回应那共同之确信。相信此一相信也不过是那已变得太弱而几近断灭的火势所有的哀郁及苦难。

也许我们并不爱，并非自愿地忍受那神秘位序的思想——每每借由那含藏于我们内里的任性，我们肯定这思想的偶发奇景，那源自永恒随机的惊奇。

是否你真的将会是那仅存在于唯一一个思想之中，也许没有穷尽的痛苦穿越空间而横陈、蜷缩且静止的在场？

是否就在你内中我仍受着苦——在你内中且距离我如此之远——自从那痛苦超过我所能承受,仿佛出于一种我所解释不来的禀性,我将我所无法承接的这苦痛全给了你,直至那再也不能引我伤悲的哀郁?是否那支未被我留下的箭簇想要在你身上找到那将带给它歇息的目标?这也一样,是留也留不住的,而且,我必须承认,我不相信自己还有能力忍受,哪怕只是遭遇一瞬间的痛苦时刻。我不知这字词为何来到这里,它又唤回了什么,以及是什么力量将它留下。悲伤、痛苦就这样附着于思想,我很遗憾,但这无疑就是定律。微小思想只是更加轻微,而我们更加靠近我们,更加靠近一切,更加翻腾于这片就是我们的信仰与我们的生存的平静之中。甚至当我说出我想守护你,我说得又是何等冷淡、轻微、置身事外。我果真是如此冷淡了,但这话说出口亦非全然徒劳。

如此的思想,我即是借由它而不受苦痛,却也在其中忍受着,在距离我极遥远,直至那我所不在之处,那位于透明之中心的你。而你正受着你仔细对我们掩藏的折磨:别以为我对你的境遇漠不关心,我的系念其实超过应当的程度,但是你要想想,我们已是何等虚无、轻微、无谓、被剥除了真理,而且永不稳定,永远说着那永远一说再说的这些。日与夜,日与夜,那儿即是我们所在处,而秘密的缺席便是我们的处境。甚至在那无可透穿者所辖御之地——此无可透穿在你不时的挤压下退守,因而愈显无可透穿——亦无任何秘密、无任何非起初即如是者被揭露。然而与你,我却希望能于秘密中说话,于那就所有人而言的秘密中,于那就你而言的秘密中。这就如同一股崭新的欲望。这就如同一个未来在我内中将我惊起。

别因此怨我,别以为我想要对你施加一种冒犯以及影响的权力。说好了的,任何回答在我们之间都是被排除的。我不希望你能回答我,而且我欣喜于你那并不响应的沉默,它甚至不将我引向沉默。回应属于一个我和你,我们老早就该离开的区域。我如何能质问你呢,若非一切的响应早已烟消云散?

我想要接近,的确,虽非我本意,但是否就是接近你?为在你内中寻你?为代你夜巡?我很清楚,虽然并不确定,我们之间的空间在扩大。那仍然只是空无,但小室已更为开展，更难用仅一次的回忆环抱。我感觉你似乎和什么在搏斗着，在那儿，如此地远离一切，而那搏斗又是如此孤单，如此沉静，如此隐抑，且全然无涉于你以你那难解的重力加以保全的我们那轻盈的精神。你为何战斗，又为何是在那里？何来这颤抖——也许是你内中的苦痛——这在我们内中的迷醉？确然，那些对我们来说如此轻微的微小思想对你而言并不如此轻微，而你受苦于它们那既不带来遗忘亦不带来回忆的美妙星散。我能为你做什么？如何为你将那时刻变得容易些？是什么在你内中延长，而对我已不再重要？是否你想要提供给死亡——都说只有当我们全体同在那由我们所共同携负的激越话语里它才得以真切——那个将甜美地致使它平等于你自己、平等于它自身的独一思想？相信我，这只是多余。就算从那共同的死亡之中产生出了种种怀疑，关于我们各自的死亡，尤其是我的死亡，但那又如何。不确定的我非常适应这一不确定性；它脆弱得不足以扰乱我——且若我试图去收编这样一桩古远、如此不属于我的事件，岂不可叹？整起事件只有在被我们撑起整体之处才显出了魅力与真理，而且朝我们自己矗立着，那无忧之矗力在我们之间离散我们又在事件之中将我们聚合。你将用什么来平衡这个共同死亡的思想？如你所见，你压不下它，而我感觉只要稍微在肯定上对它加码，即足以使你让步，但同时它也从那你所在而它才刚抵达的边境地几乎是不屑地被逐斥。

你不乐意我竟如此轻率地承接那将我浸透的不确定：我甚至十分欢喜地承接它。但你又能如何？拥有那大的又拥有那小的确信是不可能的。我被问题所包围。它们全都指向——其中一些带着粗蛮的僵硬，另外一些则是漫不经心——我所占据的那个中心，同时嫉妒地将我禁锢在那唯有我知道里头并无任何人的圆圈的内部。我知晓一切，我知晓一切。你不恋慕这样一种对于无知并无任何亏欠的不确定吗？而平静同样也是不确定的，于其胸怀中我们不断轻巧地从我们自身之中再生：这大疑问，持定且无可摧毁的，也许就托付给了我们的轻忽。无论如何不该背叛它。

这里有些地方被你的光照亮，有其他地方它也照亮，其他地方它还是以一平等的光照明。透过窗户，我可以看出许多有趣的细节，但我对这些事情并不好奇：我只要知道我们在哪里就够了，我的好奇自然会将我从那儿引离。如此繁多啊，像这样从各方，时时被照亮，且光源无有来处，只是引来了影像，然后逐斥，引来了轻盈的思想，然后又逐斥。我不确定那光亮与你有所关联。我倾向于相信你并不照明，你是置身于那黑暗变白而无其他光照显现的边境。而我躺卧于这光穴之中，它被精严地划定了界限，除了一个点，我认得的。可别忘了：眼睛是闭上的，嘴巴也是闭上的。这可能发生在房间里。眼皮之下我拥有睡眠所保全的那片丰富、暖热、丝绒质地深沉的黑，那片每每梦境总感觉就在它们身后重生而出的黑；且无疑在我自身许多部分我已死去，但这黑依然鲜活。如此持续了许久，也许是恒久。我就待在这黑的近旁，也许就在这之中。我等待着，并无不耐，我以轻巧戒视着何时这黑将会褪去，以及由此褪色所必定带出的最终色白的升起。终极之日，死者之阳。或许这极白之光便是我浸没之处。

我渴盼你将自己与这白光混融，或者至少能将之预告——你戒备着，于那来到者之外，那不来到者之外。你是那一点一滴消亡并且于一时刻允准那可看清的幻觉的黑吗？是否你只是那安排我进入情境且又将之弃绝的耐力？这个我们称之为天空的黑点——它不断地后退，变得轻缓——是否就是那片我已于其中熄灭的鲜活的黑所要留给我的一切？如此微少。而你，你战斗是为维持它或是驱散它？是为宣告那继承它的明证或是为告发这明证？奇异啊，奇异的痛苦，这如此离分的思想。

这冰冷的透明就将是夜晚了吗？如同雪之日。将会是这黑继承了黑，无有败坏，无有奇异之景象？

你要知道，我不希望事情再延续下去了。我不是对这些事感到厌倦，相反的我并不疲倦，也没有那含容于这疲倦之中的固执。我是缠缚于你，而你只是抽离。我因你将负载于我的那重量而轻盈。我很清楚终究你是不存在的，而且正是这点才将我们聚合。但恐怕也是在这一点之中我将自己结合于你，没有梦境也没有影像，而是借由一种我仍记得其老旧诡计之律动。空洞亮光之刀刃，你卫守其上，不应坏损它。

有时，我会感觉那大思想就是我，而你，是那对抗这思

想的突袭,且驱力来自于你永远用来与我作对的那股还不

要去思想的欲望。

为何你不愿思想我?是无能、无谓、盲目的意愿?是

否你在一边,而我在另一边?是否我们两者都是那同一个

同样沉重、孤独且静止的思想,那被离分的身份从此推斥

着的思想,且这相斥的思想与身份是如此地有差异,以致

无法融混,却能维持住平衡上的均势?是否你是夜晚之中

那在另一个夜晚里我所是的思想?是否只有你在说话,只

有你对我提出那些我只有以那不应答的沉默来应答的所

有问题?是否你还是过去那个已经被我超前了的严肃思

想?是否你还会在那里?

苦涩啊,苦涩的思想,我将会在那你尚未在之处,我将

会是那巨大的我而你正以拒绝思想它来对它进行抗斗,我

亦将是那巨大的确信,而你在其中找不到位置:它并不个

别地包含你。或许无法断言是否我已在而你尚未在。我

相信这不会在我们之间造成任何改变。这怀疑——苦涩

啊,苦涩,我承认——只不过是那不断将我们劫迷的轻盈

的形式。而若是我显然较你轻盈,原因不是一切荷担都已

从我身上卸除,而是由于你持续地负加于我那你所是的拒斥与忘却之重量。

只要我们之间还有那容我对你唤询的亲密之关联,我便有一种你将还会是你自己的印象在。但再怎么说,你都不该对于我的挑动太过自信。对于我自己,我孕育着一个比你所能承受者更大的怀疑。而谁在说话?是你吗?是你内中的我?是那不断地穿行我们之间而有各异的回音弹撞过一个个堤岸最终将我们及达的流言?啊,瞧你抖的,瞧你这般像是逃离那我使其偏转而将你引至的动荡。

不该恐惧。那将我们分开的毕竟微不足道:平静之一刻,恐怖之一刻,但充满平静。

请注意,我不会屈从于那种将你当作最后思想看视的简便性;它,在我从中脱离时,便开启了空间,然后也许就维持着这空间的开放,用将我挽留来永远将我驱离。愿此意不遂。若你果真是我最后的思想,我们的关系将很快即变得无法承受。极沉痛的,是去想象你的在场中那固定者,以及你所隐藏的那尖刺点。你以无可屈挠的权威整合你自己于其周围的那空无,所有这些使你变得如天空般静止以及确定的一切，都将来自于这个再不能改变的思想。而你就定定地被刺穿于这思想上，像是被钉固于你自身之上，以那拒绝言说的苦受之封闭。

是否你痛苦于自己是个极微小的思想，而非那样一个你渴盼能通往的广阔思想？极微小的思想，这样的你让我欢喜，无论什么思想，结束都将使它无限地震颤，直至广巨，以一种必将你的严峻视为幻物而摒斥的滑移。又或者这个广巨对你来说仍嫌太少，在你眼中只显得平庸又吝啬，从你所保全并以一恐怖之紧缩将自己闭合于其上的那个点的角度看视？

为何你不愿让步？为何你持续不懈地将这巨大者带回你所在之处那如同一张我或可看见的脸庞之单纯里？难道你不渴求夜晚，对你而言我所是的那个夜晚，一如你亦是这般对我，在其中，沉陷的你就精准定位于你的自身，那对于你的问题的响应，那个你即是响应的问题？我们必须融化至彼此。你为结束者必将是我内中的起始。你不受循环之幸福吸引吗？你领先我，爱慕的记忆，不曾有过之事的回忆。你像个希望般领先我，而我却也是你所该追

117

及的,你将可重新连接上的。想想吧,把这也加进那极限思想里。

的确,我也是的,我仍渴望对你说话,如同对着地平线那边一张面对着我的脸说话。看不见的脸孔。这张愈来愈看不见的脸孔之间,以及于我们之间,那平静。仿佛我死是为了想起这些,为了将这欲望与回忆尽可能承载至最远。是否人会为了忆想某事而死?是否你将会是此一回忆之亲密?是否我该对你说话,为使你置身于我面前?而你自己,难道你不觉得有需要最后一次于这平静近旁成为那张闭合的细薄脸孔?那被大思想与大确定看视之终极可能性。

我想就是这个吸引着我们俩:我,要的是你成为一张脸,成为一张脸中那可见者,而你,是要为我再一次成为一张脸,成为一个思想,但却是一张脸。渴望着在夜里成为可见,以求这夜无形地隐去。

但是我突然听见那哀叹:于我内中?你内中?"永恒的,永恒的;若我们是永恒的,那么曾经永恒该怎么说?又如何于明日永恒?"

他说,总有一个时刻,回忆与死亡——也许是已死去——重合了。那将会是相同的波动。纯粹的回忆,没有导向,其中的一切自成回忆。这股强大势力,只要懂得运用,即足以令死亡现身于记忆。然而如此的强力,却是自处无凭。是如此悲惨的尝试,企图忆想自己,是退却,在遗忘的面前退却,以及在那回忆着的死亡面前退却。

它在回忆着什么?回忆着它自己,回忆着那一如回忆的死亡。人们于其中死去的巨大回忆。

首先是遗忘。仅于那无可回忆之处回忆。遗忘:回忆一切,如借由遗忘般。有一个被深深地遗忘了的点,从中辐射出一切回忆。一切都扬升成记忆,始于那忘却的某事,微渺的细节、狭小的裂缝,而这点整个穿行其间。

若是我终究必须遗忘,若是我只应于遗忘你时想起你,若据说那将来的忆想者终将深深地被遗忘于他自身,以及那将已不容他将之与他的遗忘区分开来的回忆之中,若是长久以来我已预感到若要触及你我唯有混染于他,并且融合于那些将他对他自身瞒藏的影像,那么,要知道……

回忆，即是我所是，却也是我所等待，朝着它我朝着你下行，远离着你。空间是那没有回忆的回忆，拘限我于那我已长久停止在场之方寸，仿佛也许并不存在的你，在那消逝者平静的坚持中，继续从我这里做出一场回忆，继续找寻那或将使你想起我者。这样的大记忆中有着我们俩面对面被置放、被裹覆于我所耳闻的哀叹：永恒的，永恒的。光线冷然的空间，你拉引我至其中却不在那里，在其中我肯定你却不见你，且已知你不在那里，不知，已知。那无可增长者之增长，徒然事物之徒然等待，沉默，更多的沉默，换来更多的杂音。沉默，如此喧嚣的沉默，平静之恒久骚动，是否我们即是称此为那可怕的，那永恒的心？是否我们就镇守着它以安抚它，使它平静而永远愈加平静，防止它停止，防止它坚持？是否我将会是那对于我而言的可怖者，已死并且依然等待着什么让您忆及死亡。

期待，期待中的一张脸。奇怪的是空间竟能携载此期待。奇怪的是那最为深暗者竟有如此巨大的欲望想要看视一张脸孔。这里，的确可看的有很多。有些极美，甚至每一张都具有某种美，而其中几张，就我于走廊上所能领会到的,更是神奇地吸引人,原因或许就是它们自身于那平静与沉默中也正受到那本质诱力的吸引。但这并非我真正的想望。或许面貌繁多,但唯有一张脸孔,既不美,不友善,亦无敌意,只是可见:我幻想着这张脸孔就是你,甚至必定是你,正因它拒绝显现何为你内中所是,那沉重的静止,那从不转向的笔直,那不容混搅的透明。而能显现的唯有那混浊者。

有时似乎数个面貌会结合起来,试图草拟出某一张脸孔。这些面貌似乎全都恒久地相互往彼此提升,以促成这脸孔的现身。似乎每一个面貌都想要成为那其他每一个的独一,都想要全部的面貌成为它的独一并要自己是那每一个面貌的全部他者。似乎那空从未足够地空。影像之永恒憧憬,那托升我们并且不断将我们搅和进夜之混乱的误迷,全都迷失却总又汇集于我们所身处的欢腾冲动里。幻影,幻影之幸福。为何抗拒它?为何全部这些面貌就不能使我认假为真?为何你将我与它们隔开,以那或将于某个时刻将你变为可见——更为不可见——的空间之思想?

也许你将是例外,那不见黯沉的光明。也许你将跨越那恐怖之诸门,而没有那在此一波波的接力中亦为平静的微颤,那将我们激升,成为我们自身周围轻盈守卫的平静哆嗦。但是我必须见到你。我必须折磨你直至这夜晚大空间有一时刻平息于这张必须与它面对的脸。这仿佛是你必定不可放弃那透明而且清亮的,你永远保持得更为清亮,终至拒绝那不可思想者,使在促急的幸福中丧失的可见之处在你内中得以露现。皆是太美丽的紊乱面容。一张脸不可能如此。终极的脸,仅止于显现,不受期待亦不受侵害。也许就是空虚的这张脸。这就是为什么你必须警觉地守住这片虚无的空间以求将它保全,一如我的警觉是为损毁它。我们同在这场战斗中,我们亲近于那遥远者,区别于我们所共有的一切,于这在场中我碰触完好的你,而你隔着距离留住我,那由你形成,却也将我与你分开的距离:我身埋其中的灿亮,光之深坑。脸啊,期待之脸,却是减除于所期待之外,是一切期待的不被期待者,不可预知的确定。

啊,若是我们真的曾经一起活过——而你,那时就已经是个思想了——若是这些流淌于我们之间的词语真的可以告诉我们一些发自于我们又临及于我们的什么，那么是否，过去我并不总是你身边那股轻微的欲望：贪婪的，不知餍足地想看你，却又是明显可见的，想将你转化为更加显眼，想拉引你，缓慢且晦涩地，化入那从此你唯有被看视的点，而你的面容变成脸之裸裎，你的嘴形变为嘴？难道，不曾有过那样的一刻你对我说："我感觉，当您死去时，我将变得全然可见，比一切的可能更为可见，直至一个我将无法承受的极限点。"奇异啊，奇异的话语。你现在说这些？是否他这时就要死了呢？是否就是你永远死于他内中，他周围？是否可能他还不足够死去，不够平静，不够异样，是否他必须将这欲望、这回忆带到更远，是否在那儿，那极端细致且奇迹般遥远的尖点永远在闪避，而你借由它，权威地缓慢地将他拉引，将他推斥进遗忘里？

思想，微渺的思想，平静的思想，痛苦。

之后，他问自己是如何进入这平静里的。他无法与自己多谈。只有喜悦，当感觉自己关联于这词语："之后，他……"

图书在版编目(CIP)数据

最后之人/(法)布朗肖(Blanchot,M.)著;林长杰译.
—南京:南京大学出版社,2014.10(2021.3重印)
(布朗肖作品集)
ISBN 978-7-305-14060-0

Ⅰ.①最… Ⅱ.①布… ②林… Ⅲ.①长篇小说-法
国-现代 Ⅳ.①I565.45

中国版本图书馆 CIP 数据核字(2014)第 233735 号

LE DERNIER HOMME
de Maurice Blanchot
Copyright © Editions GALLIMARD, Paris, 1948
Simplified Chinese translation rights © 2014 NJUP
Through Garance Sun Agent Littéraire
All rights reserved

江苏省版权局著作权合同登记 图字:10-2011-130 号

出版发行 南京大学出版社
社　　址 南京市汉口路 22 号　　　　邮　编 210093
出 版 人 金鑫荣
丛 书 名 布朗肖作品集
书　　名 最后之人
作　　者 (法)莫里斯·布朗肖
译　　者 林长杰
责任编辑 沈卫娟　唐洋洋
照　　排 南京紫藤制版印务中心
印　　刷 南京爱德印刷有限公司
开　　本 850×1168　1/32　印张 4.125　字数 54 千
版　　次 2014 年 10 月第 1 版　2021 年 3 月第 4 次印刷
ISBN 978-7-305-14060-0
定　　价 35.00 元

网　　址:http://www.njupco.com
官方微博:http://weibo.com/njupco
官方微信:njupress
销售咨询:(025)83594756